Flitterwochen zu fünft

CHRIS KENISTON

Indie House Publishing

KAPITEL 1

„Ich liebe den Duft des Frühlings." Mina Ummarino stand auf der hinteren Veranda ihrer Nachbarin und schnupperte in die Luft wie ein Hund, dem der Geruch eines brutzelnden Steaks in die Nase gestiegen war.

„Duft?" Jo, ihre jüngere und technisch versiertere Schwester, verzog das Gesicht und schüttelte den Kopf. „Das Einzige, was wir hier draußen riechen können, sind die Abgase der MacArthur Avenue."

„Ihr seid ja bester Laune", zog Melody Harwood die Schwestern auf. „Meinetwegen könnt ihr darüber streiten, ob die Luft nach Regen oder Blumen oder Katzenstreu riecht. Noch fünf Tage und Shane und ich werden uns unter dem herrlichen karibischen Himmel sonnen."

„Oh." Jo wirbelte herum und ließ sich in den Schaukelstuhl fallen. „Seit meine Schwestern und ich das Haus neben Angie gekauft und all die tollen Geschichten gehört haben, steht eine Kreuzfahrt ganz oben auf meiner Wunschliste. Die klingen nach sehr viel Spaß. Ich hoffe nur, dass ich nicht bis zu meinen Flitterwochen warten muss, um eine zu unternehmen."

Mina nickte. Sie hatte die gleiche Hoffnung. Unabhängig von ihren festen Absichten, gemeinsam mit ein paar Freunden einen Urlaub am Meer zu verbringen wie ihre Freundin und Nachbarin Angie, hatte das Leben in der Regel seine Art, immer andere

Pläne zu schmieden. Die Tage verstrichen viel zu schnell. Pflichten und Verantwortlichkeiten und natürlich die Familie standen stets an erster Stelle. Spontaneität war für sie ein Fremdwort. Sie würde sich wirklich mehr anstrengen müssen, wenn sie einen Freundinnen-Urlaub durchziehen wollte.

„Das Einzige, was unsere Hochzeitsreise noch besser gemacht hätte, wäre gewesen, wenn wir sie gleich nach der Hochzeit hätten machen können statt erst ein Jahr später, aber es wird trotzdem unglaublich toll." Melody reichte Mina eine Diet Coke und kicherte. „Wenigstens hab ich fertig gepackt und bin startklar."

„Da du es gerade erwähnst." Shane Harwood, ein großer Mann in Militärkleidung, trat durch die Tür zur Küche auf die Veranda.

Melody drehte sich um und warf ihrem Mann ein kitschiges Grinsen zu, das alle Schwestern auf der Veranda zum Lächeln brachte. Es war wirklich schön, der Liebe zuzuschauen.

In dem Moment, in dem Melody dem Blick ihres Mannes begegnete, verschwand das süße Grinsen jedoch. „Was ist los?"

„Einzugsbefehl."

„Ein einziges Wort, und schon gefällt mir der Klang nicht."

Shane stieß einen Seufzer aus und zog seine Frau an sich. „Alle Urlaube sind gecancelt. Wir laufen so bald wie möglich aus. Ich muss mir meine Tasche schnappen und mich bei der Basis melden."

„Aber ..." Sie legte den Kopf in den Nacken und sah ihm in die stahlgrauen Augen. „Die Reise."

Er nickte. „Ich kann nichts daran ändern. Wenn nicht alle verrückten Anführer auf dieser Welt plötzlich gesunden Menschenverstand entwickeln, passieren solche Dinge."

Die Lippen fest zusammengepresst, nickte Melody kaum merklich. Jeder auf der Veranda konnte sehen, wie sie mit den Tränen kämpfte. „Ich weiß. Es wird ein anderes Mal geben."

„Zu diesem späten Zeitpunkt bekommen wir nichts von den Reisekosten erstattet, wenn wir stornieren. Du solltest trotzdem fahren, mit einer Freundin."

Melody löste sich abrupt aus seinen Armen. „Ich will die Reise nicht ohne dich machen."

„Ich weiß." Er zog sie wieder an sich. „Aber zumindest einer von uns beiden sollte sich eine schöne Zeit machen."

„Das kann ich nicht." Den Kopf an seiner Schulter vergraben schüttelte sie ihn bestimmt von links und nach rechts. „Ich werde unsere Traumreise auf keinen Fall ohne dich antreten."

Seine Finger zeichneten beiläufig Kreise auf ihren Rücken, als er sich vorbeugte, um ihr einen Kuss auf die Haare zu geben. „Ich weiß, mein Schatz. Es tut mir wirklich leid. Wir werden ein anderes Mal zusammen verreisen. Das verspreche ich dir."

Er senkte seinen Kopf, und seine Lippen trafen für einen zärtlichen Kuss auf ihre. Ein Kuss, der für Minas Geschmack etwas zu intensiv wurde, sodass sie und ihre Schwestern auf einmal großes Interesse an Melodys Blumenbeeten entwickelten.

„Ich liebe dich." Er zog sich Zentimeter für Zentimeter von ihr zurück, küsste sie auf die Stirn und machte dann einen langen Schritt nach hinten, um den Rückzug anzutreten.

„Ich liebe dich mehr." Melodys Hände fielen an ihre Seiten, ihre Augen glänzten noch immer von zurückgehaltenen Tränen.

„Meine Tasche steht im Eingang. Ich melde mich, sobald ich kann."

Melody nickte, und die vier sahen zu, wie er ins

Haus und den Flur hinunterging, sich seine Tasche schnappte und zur Vordertür hinaustrat.

„Das war's also."

Zum ersten Mal verstand Mina was die Redewendung bedeutete, dass jemand aussah wie ein Welpe, den man getreten hatte. Melody war im Bruchteil einer Sekunde von Wolke sieben in den Keller gestürzt. „Ich denke, das schreit nach einem Ummarino-Familien-Abendessen."

„Bei aller Liebe", Ginnie schüttelte den Kopf, „sie braucht unsere Familie gerade ungefähr so sehr wie ein Loch im Kopf."

„Nicht die eigentliche Familie." Manchmal fragte sich Mina, wie ihre Schwester alles immer so unglaublich wörtlich nehmen konnte. „Nur das Essen. Nichts tröstet die Seele wie frischer Mozzarella auf einer hausgemachten Lasagne, geröstetes Knoblauchbrot und Mamas Cannolis."

„Sie hat recht." Jo lächelte. „Ich glaube, ich habe auch noch ein paar von Moms Pizzelle im Gefrierschrank."

„Dann haben wir also einen Plan." Mina stand auf. „Ich gehe in Moms Küche und stibitze was von ihrer Soße. Und für alle Fälle besorge ich auf dem Heimweg noch Pekannuss-Eis."

„Das ist nicht nötig." Ginnie schüttelte erneut den Kopf. „In der Tiefkühltruhe in der Garage sind mindestens zwei Liter Pekannuss-Eis."

Jo sah ihre Schwester stirnrunzelnd an. „Das hast du uns bisher vorenthalten. Wo genau in der Tiefkühltruhe?"

Grinsend wie eine Katze mit einem Bauch voller Sahne, zuckte Ginnie mit den Schultern, als sie das Baby der Familie ansah. „Hinter dem Spinat."

„Ich weiß nicht." Melody lehnte sich über das Geländer der Veranda. „Vielleicht kuschle ich mich einfach mit einem schnöden Buch ins Bett – am besten bis Shane nach Hause kommt."

„Unsinn." Mina ging zu ihrer Nachbarin und stellte sich neben sie. „Ich rufe Angie an. Wir machen uns einen schönen langen Mädelsabend, und vorsichtshalber bringe ich Papas Chianti mit."

Zwei Stunden und eine Flasche Wein später lächelten die fünf Frauen, kicherten und aßen frisch gebackene Lasagne.

„Die Idee von deinem Mann", sagte Angie nach einer Weile, „war gar nicht so schlecht. Als meine Freundin, der früher Minas Haus gehört hat, von ihrem Verlobten verlassen worden ist, ist sie auch allein auf Reisen gegangen. Und sie hatte eine tolle Zeit."

Ginnie kicherte. „Deinen Geschichten nach zu urteilen hat jeder, der auf eine Kreuzfahrt geht, eine tolle Zeit."

„Ich auf jeden Fall." Angie lächelte.

„War das nicht die Hochzeits-Kreuzfahrt, auf der deine Freundin ihren Mann kennengelernt hat?", fragte Jo.

Angie nickte. „Genau die."

„Ich brauche keinen Ehemann." Melody zupfte ein Stück warmes Knoblauchbrot auseinander und biss genüsslich hinein, dann hob sie einen Finger und schluckte schnell. „Aber zwei von euch sollten mitfahren."

„Zwei von welchen?" Ginnie griff nach ihrem Wein.

„Von euch." Melody schloss mit einer Geste die Frauen am Tisch ein. „Ihr lost es einfach aus oder so."

„Ich nicht." Angie schüttelte den Kopf. „Devon und ich haben schon Pläne, und die beinhalten nicht, dass wir in letzter Minute eine Woche Urlaub nehmen."

„Was ist mit euch dreien?" Melody sah fast so aufgeregt aus, wie sie es gewesen war, bevor ihr Mann ihr die schlechte Nachricht überbracht hatte.

Minas erster Impuls war, mit *auf keinen Fall* zu antworten. Schließlich gab es Arbeit und Dinge zu tun und all diese lästigen kleinen Verpflichtungen, von denen das Fehlen beim Sonntagsessen bei ihrer Mutter zu Hause ganz oben auf der Liste stand. Oder etwa nicht? Sie musste tatsächlich innehalten und einen Moment darüber nachdenken. Sie hatte so lange keinen Urlaub mehr genommen, dass sie genügend freie Tage angesammelt hatte, um mehrere Kreuzfahrten hintereinander unternehmen zu können. Und wie schrecklich wäre es, ihrem Vokabular das Wort Spontaneität hinzuzufügen?

Sie deutete mit dem Kopf auf ihre beiden Schwestern. „Vielleicht …"

„Wirklich?" Ginnie blieb vor Erstaunen der Mund offen stehen, kaum dass ihr das Wort über die Lippen gekommen war. „Genau das Gleiche habe ich auch gerade gedacht, aber ich wäre niemals davon ausgegangen, dass du dazu bereit wärst. Also einfach so spontan deine Pläne umzuschmeißen."

„Vielleicht ist es an der Zeit, dass ich etwas weniger plane und einfach ein bisschen mehr mache." Die aktuelle Situation ließ in Mina die Frage aufkeimen, was sie alles verpasst hatte, indem sie das Ungeplante immer aufgeschoben hatte.

Ein Lächeln umspielte Ginnies Mundwinkel. „Könnte Spaß machen."

„Moment mal." Jo hob eine Hand. „Warum solltet nur ihr beide Spaß haben? Ich hab noch einen Haufen Urlaubstage übrig."

„Weil wir älter sind." Mina warf ihrer kleinen Schwester – die schon sehr lange kein Kind mehr war – ein breites Grinsen zu. Sie liefen ihr seit dem Tag ihrer Geburt den Rang ab.

Mina hatte keine Ahnung, warum ihr Magen nicht

rebellierte. Sie hatte noch nie wirklich spontan etwas unternommen, schon gar nicht so etwas Großes wie eine Reise, aber die ganze Idee dahinter war schließlich, etwas Neues auszuprobieren.

„Der Spruch von wegen Alter vor Schönheit nutzt sich langsam ab", bemerkte Jo mit einem breiten Grinsen, offensichtlich stolz auf sich selbst angesichts der kleinen Wendung in dem uralten Tanz, den die drei Schwestern seit jeher vollführten.

„Bevor ihr anfangt, Strohhalme zu ziehen", Angie wedelte mit den Händen, um die Aufmerksamkeit der anderen auf sich zu ziehen, „in vielen der Kabinen gibt es die Möglichkeit, Zustellbetten für Familien hinzuzubuchen. Ruft doch einfach mal dort an und fragt, ob es möglich wäre, eine weitere Person in der Kabine unterzubringen."

„Wissen wir, ob es zu diesem Zeitpunkt überhaupt noch die Möglichkeit gibt, die Namen der Passagiere zu ändern?" In Gedanken packte Mina bereits ihre Koffer und träumte davon, an einem warmen Strand zu faulenzen. Sie fände es sehr schade, wenn das nicht klappen würde.

„Das ist kein Problem", meldete sich Angie zu Wort. „Damit kenne ich mich aus – die Kreuzfahrtschiffe brauchen nicht mehr als vierundzwanzig Stunden Vorlauf, um die Passagierliste anzupassen."

Mina sah erst Ginnie und dann Jo an, bevor sie leise fragte, ob sie tatsächlich zusammen in den Urlaub fahren würden.

Die beiden Schwestern warfen sich einen verstohlenen Seitenblick zu, lächelten und wandten sich dann wieder Mina zu. „Ich schätze, wir machen eine Kreuzfahrt!"

„Hey, Kumpel, ich wollte dich gerade anrufen. Du wärst stolz auf mich." Kent Harwood war gerade von einem Kampf gegen die Bemühungen seiner Chefs zurückgekommen, ihn in den neuesten Ärger auf der Arbeit mit reinzuziehen. Er hatte ihnen rechtzeitig Bescheid gegeben, dass er sich ein paar Tage Urlaub zum Hundesitten für das Rudel seines Bruders nehmen würde, während Shane und seine Frau auf ihrer lang ersehnten Kreuzfahrt waren. Jemand anderes konnte einspringen und das Projekt in Ordnung bringen. Er freute sich tatsächlich sehr auf seine kleine fünftägige Auszeit in einem Haus mit Garten ohne herumtrampelnde Nachbarn im Obergeschoss, dröhnende Stereoanlagen von Teenagern nebenan und unvorhersehbare Probleme im Job. „Ich habe mich bei der Arbeit gewehrt und werde übermorgen zu euch runterfahren, um für deine Hunde den lieben Onkel Kent zu spielen."

„Gut, dass du es ansprichst …"

Oh nein, der Ton gefiel ihm gar nicht. Im Laufe der Jahre hatte Kent gelernt, die Laune seines Bruder anhand des Ausdrucks in seinen Augen oder seines Tonfalls herauszufinden. Und seine Stimme schrie regelrecht „schlechte Nachrichten".

„Was ist los?"

„Ich muss zur Basis. Ich kann die Kreuzfahrt mit Melody nicht machen."

„Oh Mann." Die beiden hatten sich so lange auf diese Reise gefreut, dass es Kent schrecklich leidtat. „Wie bald?"

„Sehr bald. Sofort."

Eine Sache, die Kent über die Militärkarriere seines Bruders gelernt hatte, war, dass fast alles vertraulich war – und dass die Familie nur selten in dieses Vertrauen mit einbezogen werden durfte.

„Und was jetzt?"

„Ich bin schon auf dem Weg zur Basis.“

„Weiß Melody Bescheid?“

„Alter, sie ist meine Frau. Natürlich habe ich es ihr zuerst gesagt. Und persönlich.“

„Sorry.“ Selbst nach fast einem Jahr neigte Kent noch immer dazu zu vergessen, dass sein Bruder jetzt die Hälfte eines Ganzen war. Sie waren beide lange Junggesellen gewesen, bis Shane Melody kennengelernt hatte. Die beiden waren schnell zu einer solchen Einheit geworden, dass sie sich innerhalb kürzester Zeit verlobt hatten und sechs Monate später vor den Traualter getreten waren. Nach der Hochzeit hatten sie sich vorerst mit einem langen Flitter-Wochenende in einem lokalen Resort zufriedengeben müssen, aber sich auf die bevorstehende Reise zum ersten Jahrestag freuen können. Das war wirklich eine beschissene Wendung der Dinge.

„Wie kann ich helfen?“ Nicht, dass Kent wirklich damit rechnete, von großem Nutzen zu sein, aber wenn sein Bruder oder seine Schwägerin ihn für irgendetwas brauchten, stand er bereit.

„Was hältst du von einer Kreuzfahrt?“

„Sag das noch mal.“ Er musste sich verhört haben. Es machte ihm nichts aus einzuspringen, wann immer Not am Mann war, aber seine Schwägerin auf eine Kreuzfahrt zu begleiten, hatte er als Option nicht auf dem Radar gehabt.

„Ich habe Melody gesagt, dass sie eine Freundin mitnehmen soll, aber ohne mich möchte sie nicht fahren.“

„Wofür ich ihr ehrlich gesagt keinen Vorwurf machen kann.“

„Die Kabine ist bezahlt, jemand sollte sie nutzen. Du hast sowieso schon eine Woche Urlaub eingereicht, und wir brauchen keinen Hundesitter mehr.“

„Ich weiß nicht.“ Er hatte eine Woche frei, und

diese in der Karibik zu verbringen, wäre sicherlich die ultimative Auszeit, aber … „Kann ich denn einfach eure Kabine übernehmen? Ich meine, das ist immerhin nicht nur eine Tischreservierung in einem Restaurant."

„Ja. Es ist sogar überraschend einfach. Bevor ich mit Melody geredet habe, habe ich mich erkundigt, ob es möglich wäre, dass jemand anderes an meiner beziehungsweise unserer Stelle mitfährt."

Was bedeutete, dass er, wenn er seinem Bruder nicht die gesamten Reisekosten allein erstatten wollte, eine Urlaubsbegleitung finden musste, und zwar ziemlich schnell.

„Wie lange hab ich Zeit, es mir zu überlegen?"

„Zwei Tage. Danach beginnt die 24-Stunden-Frist, ab dann können wir die Tickets nicht mehr umbuchen. Und so kurzfristig finde ich auch niemand anderen, der eventuell Lust hätte, an unserer Stelle mitzufahren."

Sein Bruder hatte recht. Die Zeit drängte, und solange es WLAN auf dem Schiff gab, sollte er in der Lage sein, einen Freund zu überreden, sich ihm anzuschließen.

„Okay. Ich fahre mit."

„Großartig. Damit nimmst du uns eine große Last ab. Ich schicke dir möglichst schnell alle Reservierungsinformationen zu. Ich bin fast an der Basis."

Ein Satz, der Kent beinahe dazu brachte, etwas Dummes wie „Pass auf dich auf" oder „Halt den Kopf gesenkt" zu sagen, aber nach all den Jahren hatte er gelernt, seine Sorgen für sich zu behalten. „Okay, um alles Weitere kümmere ich mich dann selbst. Und ich werde auch dafür sorgen, dass deine Frau weiß, dass sie auf mich zählen kann, falls sie etwas braucht, während du weg bist."

„Danke, Mann. Ich hasse es, dass ich sie so kurzfristig allein lassen muss, aber es ist, wie es ist. Hoffentlich wird der Auftrag nicht lange dauern und ich bin schneller wieder zu Hause als gedacht."

„Amen." Das dachte Kent jedes Mal, wenn sein Bruder an einem Hot Spot eingesetzt wurde – was er glücklicherweise nie mit Sicherheit wusste, bis Shane zurückkehrte. Aber er hoffte, dass es dieses Mal genau wie alle anderen Male laufen würde und sein Bruder bald gesund und munter nach Hause kam.

„Ich bin da, muss jetzt Schluss machen. Ich rufe an, wenn ich kann. Danke. Für alles."

„Jederzeit, Kumpel. Jederzeit." Schon ihr ganzes Leben lang standen sie füreinander ein, gaben aufeinander Acht. Das war auch dieses Mal nicht anders.

Kent tippte die Nummer seines besten Freundes und Kollegen ein und wartete darauf, dass sein Anruf entgegengenommen wurde.

„Hey, Mann. Was gibt's?"

„Was hältst du von Sonnenschein, Sonnenschein und noch mehr Sonnenschein?"

„Sag das noch mal."

„Karibik, Sand und Meer. Was meinst du?"

„Hast du heute zum Mittagessen einen Drink gehabt?" Jim war ein kluger Kerl, aber manchmal stand er einfach ein wenig auf dem Schlauch.

„Nein. Shane musste seine Kreuzfahrt absagen. Deswegen bin ich jetzt der glückliche Tourist, der auf der Suche nach einem Reisepartner ist."

„Bin dabei."

„Willst du nicht erst mal wissen, wohin es genau geht? Oder wie lange?"

„Nö." Kent konnte fast hören, wie sein Freund den Kopf schüttelte. „Alles, was nicht hier ist, passt für mich. Und nach der Woche, die wir hinter uns haben: je länger, desto besser. Wann geht's los?"

„Samstag."

„Diesen Samstag?"

„Ja. Schaffst du das nicht?“

„Machst du Witze? Hier ist es mir viel zu kalt. Ich bin dabei.“

„Großartig. Ich melde mich später wieder, wenn ich alle Details geklärt habe. Oh, und schick mir deine Passnummer. Die werde ich brauchen, um die Reservierungen umzubuchen.“

„Mach ich gleich.“

„Perfekt. Ich spüre die Sonne schon auf meinem Rücken brennen.“

Jim lachte. „Vergiss nur nicht, dich umzudrehen.“

Er würde sich an viele Dinge erinnern müssen, aber im Moment war nichts wichtig außer dieser Sache. Er würde Urlaub machen. Einen richtigen Urlaub zum Abschalten und Entspannen. Und wenn es so gut lief, wie er erwartete, würde er vielleicht alle Brücken hier abbrechen und nie wieder zurückkommen.

KAPITEL 2

„Ich kann nicht glauben, dass ich tatsächlich eine Kreuzfahrt mache." Minas jüngste Schwester grinste so breit, dass Mina nicht überrascht gewesen wäre, wenn ihr Gesicht erstarrte, womit ihre Mutter immer drohte.

„Wow." Ginnie reckte den Hals, als sie aus dem Fenster des Transferbusses sah, ihre Augen waren so rund wie ihr offen stehender Mund. „Dieses Boot ist größer als manche Städte."

„Schiff. Ein Boot passt auf ein Schiff, aber kein Schiff auf ein Boot", korrigierte Mina und stimmte ihrer Schwester im Stillen zu. Das Schiff war vielleicht keine Stadt, aber es war sicherlich größer als manche Gebäude, in denen sie gewesen war. „Kein Wunder, dass die Leute nicht mehr seekrank werden, oder zumindest nicht mehr so oft. Das Ding ist riesig."

Der Bus hielt auf einem ausgewiesenen Parkplatz vor dem massiven Kreuzfahrtschiff. Eine nach der anderen stiegen die Schwestern aus und folgten den anderen Touristen, die darauf warteten, dass ihre Taschen aus dem Bus geholt und dem Servicepersonal übergeben wurden.

„Vielleicht sollten wir wenigstens unsere Handgepäckstücke bei uns behalten?", wandte Jo ein. „Ich meine, nur für den Fall, dass etwas verloren geht."

Mina winkte ab. „Ich denke, dass das Schiffspersonal genau weiß, was es tut und unser Gepäck vollkommen in Ordnung und sicher in unserer Kabine ankommt. Falls es noch ein paar Stunden dauern sollte, bis wir in unser Zimmer einchecken können, möchte ich nicht die ganze Zeit Gepäck mit mir auf diesem Schiff herumschleppen."

Beide Schwestern nickten zustimmend und reihten sich in die Schlange der Kreuzfahrtgäste ein.

„Und ich dachte immer, die Schlangen vor der Sicherheitskontrolle am Flughafen seien lang." Jo blieb bei der Beschilderung am Eingang zum Registrierungsbereich stehen und deutete auf eine Angestellte, die Treuepassagiere zu einer kürzeren Reihe führte. „Ich frage mich, wie viele Kreuzfahrten man machen muss, um sich da anstellen zu dürfen"

„Mehr als eine. Na los, geh weiter." Ginnie schob ihre Schwester ein Stück vor.

Als sie endlich vorn angekommen waren und vor einer langen Reihe von Mitarbeitern standen, die wie Kassierer in einer Bank hinter dem Anmeldetresen die Gäste in Empfang nahmen, hob eine Frau den Arm und winkte sie zu sich. „Darf ich bitte Ihre Pässe sehen?"

Jede der Schwestern überreichte der Angestellten ihren Pass und die verschiedenen Papiere, die sie ausfüllen sollten.

Mit geübter Effizienz gab ihnen die Frau anschließend jeweils eine Schlüsselkarte, erklärte ihnen, wofür die Karte alles benutzt werden konnte und wofür nicht, und wünschte ihnen dann mit einem freundlichen Lächeln eine angenehme Reise.

„Nun, das war ziemlich einfach." Jo folgte den Passagieren vor ihnen. „Ich habe nichts gesagt, aber ich hatte ein bisschen Angst, dass die Änderung in letzter Minute, mich mit auf das Zimmer zu buchen, nicht durchgegangen ist und ich wieder nach Hause fliegen muss."

„Ach, Unsinn." Mina verdrehte die Augen. „Genau

wie beim Gepäck befördern diese Ozeandampfer seit Jahrzehnten Massen an Gästen. Da läuft alles wie eine gut geölte Maschine."

„Langsam", Ginnie blickte auf die lange Schlange vor dem Empfang, „aber gut geölt."

Die drei stellten sich für das Standard-Begrüßungs-Foto vor das große Werbeplakat der Kreuzfahrtlinie. Zweifellos würde es in den nächsten sieben Tagen viele solcher Foto-Gelegenheiten geben.

„Ich frage mich, wie viel sie für einen Abzug verlangen." Oben auf der Gangway steckte Ginnie ihre Karte wie angewiesen in den Automaten am Drehkreuz, und als sie das Piepsen hörte, betrat sie das Schiff.

„Mehr als wir bereit wären, dafür zu bezahlen, nehme ich an", antwortete Jo ihrer Schwester und folgte Ginnie auf das Schiff und durch eine zweite Sicherheitsschranke.

„Okay", sagte Mina, während sie vor dem Fahrstuhl warteten, und studierte den Lageplan, der daneben an der Wand hing. „Wo fangen wir an?"

„Essen." Jo grinste ihre ältere Schwester an. „Ich bin am Verhungern."

„Du hast den ganzen Flug über nichts anderes gemacht, als zu essen." Ginnie starrte ihre Schwester erstaunt an. „Du hast dein Frühstück verputzt, dann die Hälfte von meinem und einen Blaubeermuffin, den die Dame auf der anderen Seite des Gangs nicht wollte. Wie kannst du gerade Hunger haben?"

Jo zuckte mit den Schultern. „Ich kann nichts dafür, dass ich so einen schnellen Stoffwechsel habe. Es ist nach Mittag und damit eine absolut passende Zeit für einen späten Lunch."

Bevor Ginnie antworten konnte, hob Mina eine Hand. „Ich habe auch ein bisschen Hunger. Es sieht allerdings nicht so aus, als wäre das Hauptrestaurant geöffnet, solange wir noch im Hafen liegen. Keine Ahnung, wie es mit den kleineren Snackbereichen auf dem Schiff aussieht, aber vielleicht versuchen wir es einfach beim Buffet."

Ginnie nickte. „Okay. Danach möchte ich aber ein bisschen herumlaufen; und beim Ablegen soll eine Band an Deck spielen. Ich frage mich, ob sie mit Fähnchen winken wie in den alten Filmen."

„Ich bezweifle es, aber es wird trotzdem Spaß machen." Mina grinste ihre Schwester an. In den gläsernen Fahrstuhl zu steigen und dabei einen Blick auf die verschiedenen Ebenen des Schiffes zu werfen, während sie bis ganz nach oben fuhren, erfüllte sie mit Aufregung. Bis jetzt hatten die schnelle Entscheidung, in letzter Minute die Reise zu übernehmen, und der hastige Aufbruch der Realität keine Chance gelassen, sich wirklich in ihr zu verfestigen. Umgeben von den Lichtern und Menschen dieses schwimmenden Hotels wurde sie jedoch zum Leben erweckt. „Die ganze Reise wird so unglaublich viel Spaß machen."

„Schaut mal." Jo deutete auf die Fensterwand zu ihrer Rechten. „Da ist ein leerer Tisch. Ich schnappe ihn mir, während ihr euch etwas zu essen holt. Anschließend gehe ich dann ans Buffet."

„Klingt nach einem guten Plan."

Während Mina von Abschnitt zu Abschnitt schlenderte und die verschiedenen vorgekochten und auf Bestellung zubereiteten Speisen sowie die bunte Dessertauswahl betrachtete, wurde ihr klar, dass es in diesem kleinen Urlaub sinnlos wäre, Kalorien zu zählen. Nach ihrer Rückkehr würde sie sich wieder mit dem örtlichen Fitnessstudio vertraut machen müssen. Aber als sie an einem Stück warmen Cranberry-Brot knabberte, während sie die anderen Essensoptionen durchging, wusste sie bereits, dass jeder einzelne Bissen die Sit-ups nächste Woche wert wäre.

Ginnie grub ihren Löffel in ein cremiges Dessert. „Ich glaube, das könnte ein Tres-Leches-Pudding oder vielleicht ein exotischer Flan sein – aber was auch immer es ist, es ist das Köstlichste, was ich je gegessen habe."

„Lass das bloß nicht Mama hören." Jo nahm eine Gabel von ihrem Kokosnusskuchen. „Der Kuchen ist so lala. Ich glaube, ich probiere mal das, was du hast."

„Wenn du gerade sowieso aufstehst", Ginnie wedelte mit ihrem Löffel in Richtung ihrer jüngeren Schwester, „bring mir auch noch so einen Pudding mit."

Mina nahm den letzten Bissen von ihrem Nachtisch, erinnerte sich an ihr Gelübde, keine Kalorien zu zählen, und hob die Hand. „Ich probiere auch einen."

„Wir müssen Mom unbedingt auch mal auf eine Kreuzfahrt mitnehmen. So gerne sie kocht, glaube ich, sie wäre begeistert, wenn sie eine Woche lang dekadente Desserts probieren könnte, die sie nicht selbst zubereiten muss."

„Das glaube ich keine Sekunde. Unsere Mutter würde eine, höchstens zwei Mahlzeiten durchstehen, bevor sie in die Küche da hinten marschiert, um dem Personal zu zeigen, wie man Dinge auf ihre Weise zubereitet."

Ginnie spuckte vor Lachen beinahe ihren letzten Bissen aus. „Damit könntest du recht haben. Keine Ahnung, wie ich auf so eine bescheuerte Idee kommen konnte."

„Bitte schön." Jo stellte jeweils eine Dessertschüssel vor ihre Schwestern. „Ich habe mich gerade mit einer netten Dame unterhalten, die schon oft mit dieser Kreuzfahrtlinie unterwegs war. Ich hab zu ihr gesagt, dass ich diesen Pudding vielleicht jeden Tag essen werde, wenn er wirklich so gut ist, wie Ginnie behauptet. Darauf meinte sie, dass die Desserts täglich wechseln; wenn man etwas wirklich richtig gerne mag, sollte man gleich so viel wie möglich davon essen, denn es könnte sein, dass es diese Woche nicht noch mal angeboten wird."

Mina tauchte ihren Löffel in die Creme, probierte und kam zu dem Schluss, dass ihre Schwester absolut recht hatte – dieser Nachtisch war ein Rezept, das ihre Mutter mit Sicherheit stehlen würde. Und wenn es auf dem Rest der Kreuzfahrt mehr Desserts wie dieses gab, würde man sie am Ende der Woche vom Schiff herunterrollen müssen. Aber es würde sich definitiv gelohnt haben.

„Ich frage mich, wie viele Leute schon vor dem Frühstück hier oben sein werden." Kent und sein Freund Jim hatten gegessen, das Schiff besichtigt und schlenderten nun, begleitet von den Klängen einer Band, während sie auf das Auslaufen des Schiffes warteten, das Oberdeck entlang. Kent gefiel die Idee, seine morgendliche Joggingrunde mit einer warmen Brise und Meerblick zu absolvieren. Solange nicht alle Menschen, die sich gerade hier oben aufhielten, ebenfalls Frühaufsteher wie er waren.

Jim nahm einen Schluck von seinem kalten Bier. „Ich gehe davon aus, dass Joggen im Morgengrauen nicht zu den Top Ten auf der Aktivitätenliste der meisten Kreuzfahrtschiffgäste zählt."

„Ich hoffe, damit hast du recht."

„Worum du dagegen wahrscheinlich kämpfen musst, ist ein Liegestuhl." Jim deutete auf die Liegen, die entlang des Decks aufgereiht standen und die bereits zum größten Teil von Leuten belegt waren, die sich in der Sonne aalten. „Ich frage mich, wie viele dieser Damen Single sind."

Der Gedanke war auch Kent schon durch den Kopf gegangen. Seit sein Arbeitgeber denjenigen, die das wollten, die Möglichkeit gab, von zu Hause zu arbeiten, stellte er immer häufiger fest, dass er, anstatt Stunden zu reduzieren, meistens viel länger vor dem Computer saß, als er sollte. Er hatte auch festgestellt, dass die Grenzen für Überstunden außerhalb der Geschäftszeiten immer mehr verwischt wurden. All dies zusammengenommen hatte zur Folge, dass sein Liebesleben einen herben Schlag erlitten hatte. Allerdings war er sich nicht ganz sicher, ob ein Flirt an Bord eine besonders gute oder eine wirklich schlechte Idee war. Was vermutlich nur die Zeit zeigen würde.

Als sie das Heck des Schiffes umrundeten, verlangsamte Jim seine Schritte. „Neun Uhr. Schau mal."

Kent brauchte ein paar Sekunden, um zu realisieren, dass sein Kumpel nicht die tatsächliche Uhrzeit meinte, sondern die Richtung. Er sah ungefähr dorthin, wo die Zahl neun auf einer Uhr gestanden hätte, um herauszufinden, was genau Jim meinte.

„Wahrscheinlich ist dieser Platz genauso gut wie jeder andere auf dem Schiff, um die Show zu genießen, wenn das Schiff ablegt."

Endlich begriff Kent, wovon Jim sprach. Einige Meter vor ihnen zur Linken standen drei Frauen am Geländer, lachten und genossen ganz offensichtlich den Moment. Natürlich bezweifelte er, dass das, was Jim aufgefallen war, ihre gute Laune war. Da er den Geschmack seines Freundes kannte, vermutete er, dass es die Frau war, die ihre blonden Haare zu einem Pferdeschwanz zusammengebunden hatte, die Jim wie einen Magneten Richtung Norden lockte. Zu ihrer Linken und ihrer Rechten standen zwei braunhaarige Frauen. Eine von ihnen trug einen großen Schlapphut und eine Sonnenbrille, die fast so groß wie ihr Gesicht war, was es schwierig machte zu erkennen, ob es familiäre Ähnlichkeiten gab. Die andere Frau sah der Blonden auf jeden Fall überhaupt nicht ähnlich. Zwar waren sie ungefähr gleich groß, doch während die Frau in der Mitte hochhackige Sandalen trug, steckten die Füße ihrer braunhaarigen Freundin in flachen Schuhen. Aber was ihm auffiel, war nicht ihre Größe oder wie die fast etwas rötlich schimmernden Strähnen in ihrem kastanienbraunen Haar in der Sonne glänzten oder dass sie im Gegensatz zu der schmalen Statur, welche so viele Frauen anstrebten, hübsche Kurven hatte. Was seine Aufmerksamkeit erregte, war ihr Lächeln. Es war nicht irgendein Lächeln. Sondern ein breites Grinsen, das von einem tiefen grollenden Lachen begleitet wurde. Ein Lachen, bei dem er sofort wissen wollte, was so lustig war.

Jim blieb ein paar Meter entfernt stehen, und Kent lehnte sich neben ihn an das Geländer, glücklich darüber, den Damen einfach ein paar Minuten zusehen und sich in ihrer fröhlichen Stimmung sonnen zu können. Ihr Plan war, nach dem Auslaufen des Schiffes in ihre Kabine zu gehen und sich zum Abendessen umzuziehen. Sie hatten überlegt, gleich einen Stopp in ihrem Zimmer einzulegen, um sicherzugehen, dass ihr Gepäck angekommen war, waren sich dann aber schnell einig gewesen, dass das warten konnte. Denn wenn das Gepäck nicht eingetroffen wäre, hätte man durch früheres Wissen auch nichts daran ändern können. Außerdem war es viel einladender, die Urlaubsatmosphäre mit Live-Musik, warmen Temperaturen und gut gelaunten Menschen zu beobachten, als auszupacken. Vor allem, wenn man einen Menschen im Besonderen beobachtete.

Als das Schiffshorn ertönte, rief die blonde Frau begeistert: „Wir legen ab!"

„Das ist zu hoffen", machte sich ihre Freundin mit

dem ansteckenden Lächeln über sie lustig. „Ich möchte ganz sicher keine Woche lang im Hafen liegen."

„Bin ganz deiner Meinung." Die mit dem Schlapphut erhob zu einem zustimmenden Toast ihr Glas, in dem sich ein fruchtiger Drink zu befinden schien. „Obwohl ich das Gefühl habe, dass eine Woche auf diesem Boot sogar im Hafen das Büro um Längen schlagen würde."

Jim stellte sich so hin, dass er Blickkontakt mit der blonden Frau herstellen konnte, und lächelte. „Ist das Ihre erste Kreuzfahrt?"

Sie nickte. „Sowohl für mich als auch für meine Schwestern."

Ah, dann waren sie also tatsächlich verwandt. Komisch, dass manche Geschwister – so wie er und sein Bruder, die sie beide wiederum ihrem Vater sehr ähnlich sahen – so eindeutig einer Familie zuzuordnen waren, während andere, wie diese drei Schwestern, auf den ersten Blick nicht gleich als verwandt erkannt wurden.

„Das ist auch meine erste Kreuzfahrt." Jim streckte die Hand aus. „Ich bin Jim. Das ist mein Kumpel Kent."

„Freut mich", sagte die blonde Frau, während ihre beiden Schwestern schweigend zuhörten. „Ich bin Jo. Das sind meine Schwestern Ginnie und Mina."

Kent war sich nicht sicher, welcher Name welcher der beiden anderen Frauen gehörte, da Jo bei der Vorstellung nicht auf sie gedeutet hatte.

„Wir sollten wahrscheinlich langsam mal auf unser Zimmer gehen." Die Schwester mit dem Schlapphut trat einen Schritt von der Reling zurück. „Sichergehen, dass unser Gepäck in der richtigen Kabine gelandet ist und so."

„Gute Idee." Die andere braunhaarige Schwester nickte zustimmend, bevor sie Kent und Jim ansah. „Es war schön, euch kennenzulernen. Genießt die Reise."

„Ihr auch." Kent war sehr versucht, ein „Auf Wiedersehen" hinzuzufügen, entschied dann aber, dass das bei der Art und Weise, auf welche die beiden Schwestern Jo in ihre Mitte nahmen, nicht gut angekommen wäre.

Jim zuckte mit den Schultern und wandte sich an Kent. „Wir könnten genauso gut das Gleiche tun. Vielleicht haben wir beim Abendessen mehr Glück."

Sie wandten sich in die entgegengesetzte Richtung, in die die Damen gegangen waren, überquerten das Pooldeck und nahmen den Aufzug.

„Ich frage mich, ob wir ihnen noch mal begegnen werden", bemerkte Jim, als sie auf ihrem Stockwerk aus dem Fahrstuhl stiegen.

„Es ist ein großes Schiff." Ein bisschen zu groß, um das Glück zu haben, den Damen noch einmal zufällig über den Weg zu laufen. Was schade war.

Als sie um die Ecke in den Flur einbogen, in dem ihre Kabine liegen musste, hielt Kent den Blick auf die Nummern an den Türen gerichtet. „922, 924 … Das hier ist unsere." Er blieb vor Kabine 926 stehen – und konnte kaum glauben, dass sie tatsächlich ein solches Glück hatten, als ihnen vom anderen Ende des Flurs die drei Frauen entgegenkamen.

„Hallo schon wieder." Jim winkte. „Wie es aussieht, befinden sich unsere Kabinen auf demselben Deck. Was für ein schöner Zufall."

Die eine Schwester hielt ihren Hut in der Hand und lächelte unbeholfen, während ihr Blick von ihnen zur Tür und wieder zurück wanderte.

„Ein großes Schiff, aber eine kleine Welt." Jo lächelte. Ein nettes Lächeln, aber kein Vergleich zu dem ihrer Schwester.

„Ja. Wenn Sie uns entschuldigen würden, meine Herren." Die Schwester mit den braunen Haaren, deren

Namen er gern gewusst hätte, trat vor die anderen beiden und hielt ihre Karte hoch. „Wir würden vor dem Abendessen gerne noch auspacken."

„Natürlich." Kent nickte ihr zu. „Genau das Gleiche hatten wir auch vor."

Gerade als er sich der Tür zuwandte, um die Schlüsselkarte in den Schlitz zu stecken, beugte sich die Frau ebenfalls vor und stieß mit der Schulter gegen ihn. „Entschuldigung."

Als er von ihr zu ihren ausgestreckten Händen und wieder zurück zu ihr blickte, passte das Stirnrunzeln, das sich zwischen ihren Brauen festgesetzt hatte, zu der Verwirrung, die er empfand.

„Wir haben Kabine 926", sagte sie bestimmt.

„Wir auch." Kent hielt die Karte hoch.

Die Frau schüttelte den Kopf. „Das ist nicht möglich." Sie hob ebenfalls ihre Karte. „Das ist unser Zimmer." Ohne ihm auch nur eine weitere Sekunde Zeit für eine Erwiderung zu geben, schob sie die Karte in das Schloss und drückte die Klinke, um die Tür zu öffnen. Dann wandte sie sich mit einem Lächeln zu ihm um. „Siehst du?"

Nur um sicherzugehen, dass er nicht den Verstand verloren hatte, schaute er auf seine Karte. Aber er hatte sich nicht geirrt, darauf stand dieselbe Kabinennummer. Dann griff er nach der Klinke, zog die Tür wieder zu und schob seine Schlüsselkarte in den Schlitz. Die Tür ließ sich problemlos öffnen. „Um es mit berühmt-berüchtigten Worten zu sagen: ‚Houston, wir haben ein Problem'."

KAPITEL 3

Nichts davon ergab Sinn, und einen gut aussehenden Fremden im Nacken zu haben, half Minas Denkprozess nicht. Sie stand in dem kleinen Raum, umgeben von ihren Schwestern und den zwei Männern, und sah sich um. Als Erstes stellte sie fest, dass es lediglich Schlafmöglichkeiten für zwei Personen in der Kabine gab – kein Zustellbett für die dritte Schwester. Das Nächste, was ihr auffiel, war, dass es mit Gepäck für fünf Personen nicht viel Raum gab, um sich zu bewegen geschweige denn zu entspannen. Was sie im Moment wirklich mehr als alles andere wollte, war, diese Typen aus ihrer Kabine zu bugsieren. „Das kann einfach nicht sein."

„Ich bin sicher, es gibt eine ganz einfache Lösung." Der Mann mit den stahlgrauen Augen, die ihren Mund trocken werden ließen, drehte sich zu seinem Freund um. „Lass uns zum Concierge gehen und das klären."

Mina nickte und steckte ihre Schlüsselkarte in die Tasche, dann sah sie ihre Schwestern an. „Ihr könnt hier warten, ich kümmere mich darum."

„Auf keinen Fall." Ginnie schüttelte den Kopf. „Du kannst meinetwegen das Reden übernehmen, aber wir bleiben zusammen."

„Genau", Jo nickte, „im Reden bist du gut, aber ich bin ganz Ginnies Meinung. Wir gehen zusammen zum Concierge."

„Okay." Mina lief ihnen voraus durch die Tür und

den Flur entlang. „Ich verstehe einfach nicht, wie das passieren konnte."

„Glaubst du, es liegt an der kurzfristigen Namensänderung?" Jo beschleunigte ihre Schritte, um neben ihren Schwester her zu gehen. „Immerhin war das wirklich auf den letzten Drücker."

„Ihr habt eure Reservierung in letzter Minute geändert?", rief Kent hinter ihnen.

„Ja." Mina wandte sich zu ihm um und nickte.

„Wir auch." Jim runzelte die Stirn. „Ich frage mich, wie viele andere Passagiere mit Last-Minute-Buchungen in der falschen Kabine gelandet sind."

„Außerdem habe ich nirgendwo ein drittes Bett gesehen." Jo stieß einen tiefen Seufzer aus. „Ihr?"

Kopfschüttelnd beschleunigte Mina ihre Schritte. Wenn dies ein Zeichen dafür war, wie der Rest des Urlaubs verlaufen würde, würde es definitiv eine holprige Reise werden.

Niemand sagte ein weiteres Wort. Der gläserne Aufzug, den sie bei den vorherigen Fahrten so faszinierend gefunden hatten, fühlte sich auf einmal sehr, sehr beengt an. Nachdem sie den Fahrstuhl verlassen hatten, blieben sie am Ende einer langen Schlange vor der Rezeption stehen.

Jim schüttelte den Kopf. „Ich habe nur Spaß gemacht, als ich meinte, dass sie vielleicht alle Last-Minute-Buchungen verpfuscht haben, aber jetzt frage ich mich …"

„Sie können unmöglich die Buchungen all dieser Leute durcheinandergebracht haben." Kents Blick wanderte von den drei Angestellten hinter dem Empfang zu den Passagieren, die vor ihnen standen.

„Gott sei Dank ist es ein großes Schiff. Wie schwer kann es sein, ein paar Leuten neue Kabinen zuzuweisen?" Ginnie setzte ein Lächeln auf.

Sie musste recht haben. Dies konnte nicht das erste

Mal sein, dass Reservierungen durcheinandergeraten waren. Mit Sicherheit waren die Mitarbeiter solche Situationen gewohnt. In ein paar Minuten würde sich alles geklärt haben. Zumindest hoffte sie das.

Die meisten Gäste vor ihnen in der Schlange hatten Fragen, die sich leicht und rasch klären ließen. Sie erkundigten sich nach Veranstaltungen und Aktivitäten oder Öffnungszeiten von Restaurants und Ähnlichem und bekamen, kaum dass sie vor den Tresen getreten waren, bereits ein entsprechendes Informationsblatt ausgehändigt. Als die Frau vor ihnen an der Reihe war, konnte Mina hören, wie sie sich darüber beschwerte, dass ihr Gepäck nicht in ihrer Kabine angekommen war, und sofort wünschte sich Mina, dass ihr Problem ähnlich leicht zu lösen wäre. Tief in ihrem Inneren rief ihr eine nervöse Stimme zu: *Pack gar nicht erst aus, die werden dich wieder nach Hause schicken.*

„Wir sind dran." Kent griff nach ihrem Ellbogen, zog seine Hand jedoch sofort wieder zurück. „Lasst uns das klären."

Mina übernahm die Gesprächsführung und brauchte nur wenige Sätze, um ihr Dilemma zu schildern.

Die zierliche Frau im dunkelblauen Anzug schüttelte den Kopf. „Das ist nicht möglich. Dürfte ich bitte Ihre Schlüsselkarten sehen?"

Vier weitere Karten landeten neben Minas auf dem Tresen.

„Wie Sie feststellen werden", Kent tippte mit dem Finger auf die Theke, „steht auf allen dieselbe Kabinennummer."

Das Stirnrunzeln der zierlichen Frau vertiefte sich mit jedem Tippen auf der Tastatur des Computers vor ihr.

Minas Magen begann, nervöse Purzelbäume zu schlagen. Dieses Stirnrunzeln gefiel ihr nicht. Überhaupt nicht.

Schließlich schüttelte die Rezeptionistin den Kopf und murmelte: „Das ist unmöglich", während sie weiter auf ihre Tastatur tippte und dann aufsah. „Wer von Ihnen ist Mr. Harwood?"

Zur gleichen Zeit, als Mina antwortete: „Der ist nicht hier", trat Kent einen Schritt vor und sagte: „Ich."

Sie fuhr zu ihm herum. „Du heißt Harwood?" Diese ganze Sache entwickelte sich langsam, aber sicher von chaotisch zu absolut absurd.

Kent nickte. „Die ursprüngliche Reservierung lief auf meinen Bruder, aber der musste in letzter Sekunde zu einem Einsatz, weswegen er und seine Frau …"

„Die Reise absagen mussten", beendete Mina den Satz für ihn. „Melody hat uns ihre Reservierung übernehmen lassen."

„Warum sollte sie euch die Kabine überlassen, wenn Shane sie *uns* versprochen hat?"

„Ich würde vermuten, dass Shane und Melody dieselbe Idee hatten. Wir scheinen unter einem groben Fall von ehelichen Kommunikationsschwierigkeiten zu leiden." Sie verengte die Augen und musterte ihn mit stählernem Blick. „Warst du auf der Hochzeit?"

Er nickte.

„Ich kann mich nicht erinnern, dich gesehen zu haben."

„Er hat sich rasiert." Jim lachte. „Ich hab ihm schon vor der Hochzeit gesagt, dass er es für die Fotos machen soll, dass seine neue Schwägerin es bestimmt zu schätzen wissen würde, aber es brauchte eine drohende tropische Hitzewelle, um ihn dazu zu bringen."

Kent verdrehte die Augen, ignorierte die Sticheleien seines Kumpels und richtete seine Aufmerksamkeit wieder auf die Rezeptionisten.

Mina erinnerte sich, dass der Trauzeuge einen Bart getragen hatte. Und dass er in Begleitung einer hübschen blonden Frau gewesen war, weswegen sie ihm keinen zweiten Blick zugeworfen hatte.

Die Rezeptionistin sah von der Tastatur auf und verfolgte interessiert ihre Unterhaltung.

Kent schaute sie an. „Denken Sie, dass wir alle gleichzeitig die Reservierung geändert haben, könnte der Grund dafür sein, dass fünf von uns auf ein Zimmer gebucht wurden?"

„Das ist unmöglich." Die Frau schüttelte den Kopf und hämmerte wieder auf die Tastatur ein.

Der Ausdruck auf Kents Gesicht wurde strenger, sein Tonfall ein wenig tiefer, als er sehr deutlich erwiderte: „Offensichtlich *ist* es möglich, weil wir nämlich fünf Schlüsselkarten für dieselbe Kabine mit zwei Betten erhalten haben."

„Ich kann mich nur wiederholen", sagte die Mitarbeiterin, „es ist für unser Computersystem unmöglich, ein Zimmer doppelt zu reservieren. Selbst wenn jemand vom Personal einen Fehler gemacht hätte, wäre dieser vom System erkannt und korrigiert worden."

„Ich habe für das dritte Bett bezahlt", warf Jo ein.

„Wie lautet denn Ihr Name?" fragte die Frau.

Jo trat einen Schritt näher und senkte die Stimme. „Josephine Ummarino."

Alle Schwestern trugen traditionelle italienische Namen. Und alle drei hatten einen Spitznamen. Jo war die Einzige von ihnen, die ihren italienischen Namen absolut hasste und von der englischen Version auch nicht gerade angetan war. Die meisten Leute kannten sie als Jo oder Josephine und hatten keine Ahnung, wie ihr richtiger Name lautete.

Während sie weiter auf der Tastatur tippte, vertiefte sich das Stirnrunzeln der Frau an der Rezeption, was nicht im Geringsten zu Minas Beruhigung beitrug, dass es sich bei ihrem Problem um eines handelte, das leicht zu lösen war.

In diesem Moment trat eine weitere Mitarbeiterin in einer weißen Bluse neben ihre Kollegin. „Ich brauche eine freie Kabine. Was ist bei dir los?"

„Zwinger-Buchung."

Kents Augenbrauen hoben sich, und er drehte sich zu seinem Freund um, während Mina zu ihrer Schwester sah. Zweifellos dachte er etwas Ähnliches wie sie. Wenn sie dafür einen Spitznamen hatten, war es sicherlich kein so ungewöhnliches Vorkommnis, wie ihnen die Rezeptionistin weismachen wollte.

Die andere Frau presste die Lippen zusammen, bevor sie sagte: „Die Toilette in 521 ist irreparabel. Wir müssen die Passagiere in einer anderen Kabine unterbringen."

„Wir sind ausgebucht. Ich überprüfe gerade, ob es eventuell Gäste gibt, die nicht an Bord gegangen sind."

Die Angestellte in der weißen Bluse runzelte noch tiefer die Stirn, während sie über die Schulter ihrer Kollegin auf den Bildschirm blickte.

Kent drehte sich mit dem Rücken zur Theke und lehnte sich dagegen. „Wenn ich zwei und zwei richtig zusammenzähle, haben sie bisher kein Extrazimmer für uns, und jetzt gibt es noch weitere Passagiere, die auch keinen Schlafplatz haben."

Die Anfänge fieser Kopfschmerzen klopften hinter Minas Schläfen. „Ich freue mich auf jeden Fall nicht darauf, in einer Rettungsinsel zu schlafen."

Kent lachte leise. „Ich bezweifle, dass es dazu kommen wird. Dieses Schiff muss wie jedes andere Hotel oder ein Theater organisiert sein. Es wird immer ein Platz für Last-Minute-VIPs zurückgehalten."

„Dein Wort in Gottes Ohren", murmelte Ginnie.

Was Kent gerne gewusst hätte, war, warum zum Teufel sein Bruder und seine Schwägerin beide die Kabine an jemand anderen vergeben hatten. Wenn sie als Ehepaar auf diese Weise kommunizierten, würden die nächsten Jahre chaotisch werden.

„Okay." Die Frau hörte auf, auf ihre Tastatur einzuhämmern, und sah zu ihnen auf. „Das Schiff ist komplett ausgebucht. Das System führt gerade eine Überprüfung durch, um festzustellen, ob alle Passagiere eingecheckt haben."

Während die Frau sprach, wurden Namen über die Lautsprecher über ihren Köpfen ausgerufen, und Kent fragte sich, ob das Leute waren, deren Gepäck aufgefunden worden war oder die jemanden suchten, oder ob es darum ging, herauszufinden, ob ebendiese Menschen überhaupt an Bord gegangen waren.

„Sobald wir die genaue Anzahl der eingecheckten Passagiere ermittelt haben, können wir eine Ihrer Gruppe in eine andere Kabine umbuchen."

Die drei Schwestern beeindruckten Kent. Die meisten Frauen, die er kannte, wären inzwischen im Dreieck gesprungen. Aber die drei Frauen wirkten rein äußerlich abgesehen vom Gestikulieren beim Sprechen absolut ruhig. Wenn er raten müsste, hätte er vermutet, dass Mina die Erstgeborene war und ihre Verantwortung als große Schwester sehr ernst nahm.

„Wie lange wird das dauern?", fragte Mina.

„Nicht mehr lange." Die Frau wandte sich wieder ihrer Tastatur zu. Ihr Stirnrunzeln kam und ging. Kent hatte keine Ahnung, ob der beunruhigte Ausdruck etwas mit ihnen oder den armen Leuten mit der kaputten Toilette oder etwas völlig anderem zu tun hatte.

„Wenn ihr in der Zeit an Deck gehen und euch umsehen möchtet, kann ich so lange hier warten", wandte sich Mina an ihre Schwestern.

Die beiden schüttelten den Kopf, aber Ginnie antwortete: „In der Nähe zu bleiben, ist einfacher, als wenn du auch noch nach uns suchen musst, sobald diese Sache geklärt ist."

Den säuerlichen Gesichtsausdrücken der anderen beiden Frauen nach zu urteilen, waren sie weniger zuversichtlich als Ginnie, dass diese Situation tatsächlich gelöst werden würde.

Die beiden Mitarbeiterinnen hinter dem Tresen fingen wieder an, sich zu unterhalten, zu leise, als dass er deutlich hätte verstehen können, was genau sie sagten, aber während die Rezeptionistin den Kopf schüttelte, deutete die andere Angestellte auf den Bildschirm, und schließlich seufzte die Frau, die fast ununterbrochen getippt hatte, und lächelte sie an. „Es sieht so aus, als hätten wir eine Lösung."

Er hoffte, dass es sich um wirklich gute Neuigkeiten handelte und keiner von ihnen auf einem Liegestuhl am Pool schlafen oder, schlimmer noch, ein Beiboot zurück zum Hafen nehmen musste.

„Wir haben keinen Zugriff auf die Reservierungsdatenbank, deswegen können wir leider nicht rausfinden, was genau schiefgelaufen ist."

Alle nickten. Denn falls sie es doch rausgefunden hatten, würden sie es wahrscheinlich nie zugeben.

„Normalerweise gibt es immer freie Kabinen für den Fall eines Upgrades und andere außergewöhnliche Situationen."

Genau wie er vermutet hatte.

„Aber diesmal leider nicht."

Jetzt würden garantiert die Liegestühle ins Spiel kommen, die Mina erwähnt hatte.

„Es gibt nur eine Gästegruppe, die nicht an Bord gegangen ist. Da wir Sie nicht zu fünft in der ihnen ursprünglich zugewiesenen Kabine unterbringen können, werden wir diese an die Passagiere geben, in dessen Zimmer die Toilette defekt ist. Sie werden dafür in die Hochzeitssuite umgebucht."

„Wir alle?" Kent war bewusst, dass eine Suite größer als ein normales Zimmer war, aber er konnte sich nicht vorstellen, dass sie genug Schlafmöglichkeiten für fünf Personen bot. Vor allem nicht, wenn sich die Hälfte ihrer Gruppe untereinander nicht kannte.

Zum ersten Mal, seit sie ihr das Dilemma geschildert hatten, lächelte die Frau am Empfang strahlend. „Es handelt sich um eine Suite mit zwei Schlafzimmern. Sie haben Ihre eigene Terrasse; außerdem verfügt die Kabine über einen Whirlpool."

„Die Hochzeitssuite hat zwei Schlafzimmer?" Mina sprach die Frage laut aus, die sich Kent im selben Moment ebenfalls gestellt hatte.

„Früher war es eine der Präsidentensuiten, aber als das Schiff vor ein paar Jahren renoviert worden ist, wurden einige der Suiten abgeschafft, um mehr Platz für Entertainment-Flächen zu haben; deswegen wurde diese Kabine in Honeymoon Suite umbenannt." Die Rezeptionistin übergab ihnen jeweils eine neue goldfarbene Schlüsselkarte. „Ihr Gepäck wird in Ihre neue Unterkunft gebracht. Sollten Sie noch etwas brauchen, lassen Sie es uns jederzeit wissen."

Peinliche Stille umgab sie, als sie sich zu fünft von der Theke entfernten.

„Glaubt ihr, dass sie uns für die Suite mehr berechnen werden?" Jo hielt ihre Schlüsselkarte hoch.

Jim schüttelte schnell den Kopf. „Auf keinen Fall. Immerhin war das deren Fehler und nicht unserer."

„Nun", zum ersten Mal, seit Kent die Schwestern an Deck hatte lachen sehen, war Minas Lächeln zurück, „sollen wir uns unser neues Zuhause ansehen?"

„Das könnte lustig werden." Jo lächelte und drückte auf den Knopf für den Fahrstuhl. „Seit dem College habe ich mir nicht mehr mit so vielen Leuten auf einmal eine Wohnung geteilt."

„Mm", war alles, was Mina sagte, worauf Ginnie ihr einen Seitenblick zuwarf.

Kent hatte den Eindruck, dass Ginnie und Mina die beiden ernsteren Schwestern der Familie waren.

„Ich frage mich, ob sie auf diesem Boot Chianti anbieten", bemerkte Ginnie, die hinter ihren Schwestern wartete, während Kent die Schlüsselkarte in den vorgesehenen Schlitz an der Tür schob.

Er schob sie auf und bedeutete den Frauen, zuerst einzutreten.

„Oh Mann ..." Jo stand mitten im Raum und drehte sich einmal um die eigene Achse. Im Gegensatz zu der Kabine, die sie gerade verlassen hatten, war der Raum nicht nur riesig, die Decken waren auch mindestens doppelt so hoch, sodass sich die Suite im Vergleich wie ein Ballsaal anfühlte. Überall fanden sich stilvolle lederbezogene Sitzgelegenheiten. Außerdem gab es Tische und Stühle, um Mahlzeiten in der Suite einnehmen zu können oder sich für ein Spiel zusammenzufinden. Sie wusste nicht, was atemberaubender war, die eleganten Chromakzente und -armaturen oder die weitläufige Glaswand, die sie von der Außenwelt trennte. Sie drehte sich immer noch langsam im Kreis, als sie das Tablett mit den mit Schokolade überzogenen Erdbeeren auf einem Couchtisch entdeckte, schnappte sich schnell eine und biss hinein. Sie ließ sich den Bissen von der dekadenten Frucht mit einem leisen Stöhnen auf der Zunge zergehen und hielt die halb aufgegessene Beere hoch, damit ihre Schwestern sie sehen konnten. „Ich habe das Gefühl, dass dies die besten fünfhundertvierzig Dollar sein werden, die ich je für etwas ausgegeben habe."

Hinter Kent klopfte es an der offenen Tür, und ein Angestellter brachte ihre Koffer herein. „Ihr Gepäck. Was darf ich in welchen Raum bringen?"

Kent sah von den Taschen und Koffern zu dem Mann; erst jetzt fielen ihm die Türen in der Suite auf. „Lassen Sie das Gepäck einfach dort stehen. Wir verteilen es später selbst."

Der Mann nickte und lud die letzten Taschen vom Gepäckwagen. „Ihr Steward wird in Kürze vorbeikommen, um Ihnen mit allem behilflich zu sein, was Sie brauchen könnten."

„Danke", scholl es aus fünf Mündern.

Kaum war die Tür hinter dem Portier zugefallen, eilte Jo zur nächstgelegenen Tür und öffnete sie, um einen Blick in das dahinterliegende Schlafzimmer zu werfen. „Nicht schlecht."

„Das hier ist auch schön." Ginnie kam gerade aus dem anderen Schlafzimmer. „Sehr schön sogar."

„Ich bin nicht wählerisch." Jim stand bereits hinter der Bar. „Die Bar ist voll ausgestattet. Ich frage mich, ob die Drinks aufs Haus gehen oder ob das hier eine überdimensionierte teure Version einer Minibar ist."

Mina war ebenfalls von Zimmer zu Zimmer gegangen. „Wir nehmen das Zimmer mit den beiden Queen-Betten. Ihr könnt das mit dem großen Kingsize-Doppelbett haben."

„Klingt gut." Kent machte es nichts aus, sich ein Bett zu teilen, war sich jedoch nicht ganz sicher, ob Jim ähnlich empfand.

„Solange ich nicht mit Jo eine Matratze teilen muss. Sie turnt im Schlaf."

„Tue ich nicht." Jo bedachte ihre Schwester mit einem demonstrativ bösen Blick.

„Außerdem klaust du einem immer die Decke. Dein zukünftiger Mann tut mir jetzt schon leid, wenn er im Tiefschlaf von einem deiner Arme ins Gesicht getroffen oder von einem Fußtritt in den Bauch geweckt wird."

„Das ist nicht wahr." Jos verärgertes Stirnrunzeln vertiefte sich.

„Sicher ist es das. Die Zeit, als wir als Kinder bei Nonna übernachtet haben, werde ich nie vergessen. Sie hat dich und mich immer zusammen in ein Bett gesteckt. Mitten in der Nacht hast du deine Füße gegen meinen Rücken gestemmt und mich auf den Boden gestoßen."

„Das stimmt." Mina lachte. „Ich hab auf dem Sofa im Wohnzimmer geschlafen, und der Knall hat mich jedes Mal aus dem Schlaf gerissen."

„Siehst du?" Ginnie zwinkerte ihrer Schwester triumphierend zu, und Kent tat sein Bestes, um ein Lachen zu unterdrücken.

„Wenn sonst niemand mit dir teilen möchte ..." Jim sah von hinter der Bar zu Jo und ließ seinen Satz in der Luft hängen. Es brauchte nicht mehr als einen einzigen Blick von Kent, dass er rasch abwinkte. „Nur ein Scherz."

Dem säuerlichen Ausdruck auf Minas Gesicht nach zu urteilen, fand sie den Kommentar ebenso wenig amüsant wie Kent.

„Wenigstens rede ich nicht im Schlaf!"

Sofort widersprachen sowohl Mina als auch ihre Schwester Ginnie heftig. „Ich rede nicht im Schlaf." „Ich auch nicht. Nie!" Diese kleine Diskussion erwies sich als unterhaltsamer als eine Late-Night-Comedy-Sendung.

„Wisst ihr etwa nicht mehr damals, als wir lange aufgeblieben sind, um uns diesen alten Al-Pacino-Film über einen korrupten Richter anzusehen, und sich Ginnie mitten in der Nacht im Bett aufgesetzt und geschrien hat: ‚Ich enthalte mich!' Sie hat uns alle zu Tode erschreckt. Ihr Schrei war so laut, dass Mama den Flur entlanggerannt kam."

Ginnie wedelte abwehrend mit der Hand. „Das lag nur an dem aufregenden Film und schlechtem chinesischen Essen."

An diesem Punkt bissen sich sowohl Mina als auch Jim auf die Unterlippe, um nichts zu erwidern, und Kent fragte sich, ob die nächsten paar Tage vielleicht nicht ganz so friedlich verlaufen würden, wie er sich das vorgestellt hatte.

„Ihr zwei könnt euch ein Bett teilen, und ich besorge mir Ohrstöpsel in einem der Läden." Jo wirbelte herum und machte einen Schritt Richtung Balkon, bevor sie noch einen Blick über die Schulter warf. „Und überhaupt, ich klau keine Decken!" Damit stürmte sie praktisch durch das Wohnzimmer, öffnete die Terrassentür und trat hinaus. „Oh, wow. Die Dame am Empfang hat keinen Witze gemacht, als sie gesagt hat, wir hätten ein Privatdeck. Der Balkon ist riesig."

Neugierig durchquerte Kent den Raum, Ginnie folgte ihm auf den Fersen.

„Die Terrasse ist genauso groß wie die Suite an sich." Ginnie stand in der Mitte des Decks und drehte sich im Kreis, während sich ein breites Grinsen auf ihrem Gesicht abzeichnete. „Das ist total cool. Vielleicht sollten wir einfach hier draußen schlafen?"

Kent fasste die Situation gedanklich noch einmal zusammen. Er und sein Kumpel sollten sich eine ziemlich geräumige und luxuriöse Suite mit drei schönen Frauen teilen, die sie kaum kannten. Mindestens zwei von ihnen schienen alles andere als glücklich mit ihm und Jim als Mitbewohner zu sein. Er war sich also nicht ganz sicher, ob „cool" die beste Beschreibung war. Soweit es ihn betraf, war „interessant" das passendere Wort. Ob das gut oder schlecht war, musste sich noch herausstellen.

KAPITEL 4

„Diese ganze Situation ist zu seltsam, um sie in Worte zu fassen." Sogar etwas so Alltägliches wie das Auspacken eines Koffers war mit einem Schrank, der größer war als Minas ganzes Schlafzimmer zu Hause, ein geradezu surreales Erlebnis. „Ich meine, wir teilen uns den Wohnraum dieser Suite mit zwei fremden Männern."

„Sie sind nicht fremd." Jo schloss die Schublade, die sie gerade mit dem Inhalt ihres Gepäcks gefüllt hatte. „Kent ist Shanes Bruder, und wir wissen, dass Shane ein netter Kerl ist."

„Ich bin mir sicher, dass Abel auch ein netter Kerl war, aber das hat seinen Bruder Kain nicht davon abgehalten, ihn umzubringen." Mina stellte ihre leere Tasche auf das oberste Regal und schloss die Schranktür.

„Ach komm schon." Ginnie schlüpfte in ihre bequemen Sandalen. „Das ist selbst für dich ein bisschen extrem. Meinst du nicht?"

Mina schüttelte den Kopf. „Okay, ich gebe zu, dass er wahrscheinlich kein Mörder ist, aber es ist trotzdem sehr seltsam, sich mit Männern, die wir nicht kennen, eine Kabine zu teilen, in der wir schlafen und uns überhaupt viel aufhalten werden."

„Immerhin hast du sie von ‚fremd' auf ‚nicht kennen' heraufgestuft." Jo schlüpfte aus ihrer Shorts und in ein Sommerkleid. „Ich finde sie nett."

Ginnie nickte. „Angesichts der Tatsache, dass wir alle unfreiwillig zusammengeworfenen wurden, haben sie cool reagiert."

„Was ist an dieser Situation bitte schwer zu ertragen?" Jo stand an der offenen Terrassentür. „Diese Suite ist größer als meine erste Wohnung. Und wer mag keine mit Schokolade überzogenen Erdbeeren und Champagner?"

„Champagner?" Mina drehte sich zu ihrer Schwester um. „Welcher Champagner?"

„Auf der Bar steht eine gekühlte Flasche."

„Wirklich?" Ginnie lächelte. „Die ist mir gar nicht aufgefallen."

„Glaubst du, sie bringen jeden Abend frische Erdbeeren?" Jo strich glättend über die Gepäckfalten in ihrem Kleid.

„Ich bezweifle es."

„Nun", Jo strahlte ihre Schwestern an, „ich bin am Verhungern. Wohin jetzt?"

Ihre Schwester hatte recht. Das Mittagessen lag Stunden zurück, und die Desserts waren vielleicht himmlisch gewesen, aber sie hielten definitiv nicht lange vor. Sie brauchten dringend etwas Herzhaftes in den Magen. „Lasst uns in den Hauptspeisesaal gehen. Andere Abendessenoptionen für den Rest der Kreuzfahrt können wir uns später ansehen."

„Klingt gut." Ginnie nickte. „Los geht's."

„Sollen wir nachsehen, was die Jungs machen?" Jo folgte ihrer Schwester in den Wohnbereich.

„Die Jungs?" Mina wären viele Beschreibungen für ihre beiden Mitbewohner eingefallen – gut aussehend zum Beispiel –, aber sie als Jungs zu bezeichnen, wäre ihr nicht in den Sinn gekommen. „Wir teilen uns vielleicht eine Suite, aber garantiert nicht den Urlaub."

Doch kaum dass sie aus dem Schlafzimmer getreten waren, sahen sie Jim an der Bar im Wohnbereich stehen.

Er öffnete gerade eine Dose Chips. „Ich glaube wirklich, dass ich diesen Ort zu lieben lernen werde."

„Du wirst dir den Appetit aufs Abendessen verderben", sagte Mina, ohne darüber nachzudenken, worauf Jim amüsiert gluckste.

Im nächsten Moment ließ das Geräusch einer sich öffnenden Tür alle drei aufblicken.

„Diesem Mann kann nichts den Appetit aufs Abendessen verderben." In einer hellen Stoffhose und einem sauberen Hemd, die Haare noch nass vom Duschen, steuerte Kent die Bar an. „Aber es ist tatsächlich Essenszeit, und ich bekomme langsam Hunger."

„Geht ihr ins Hauptrestaurant oder zum Buffet?" Jo war mit Sicherheit die extrovertierteste der Schwestern. Nicht, dass Mina und Ginnie introvertiert wären, sie waren sogar weit davon entfernt, aber Jo hatte immer ein freundliches Lächeln und ein freundliches Wort für jeden Menschen übrig, dem sie begegnete. Diese Typen könnten sich als die größten Idioten herausstellen, und Jo würde trotzdem ihr Bestes tun, nett zu ihnen zu sein. Mina hingegen war Realistin. Und sie hoffte wirklich, dass Shanes Bruder und dessen Freund keinen Ärger machen würden.

„Wir hatten vor, ins Restaurant zu gehen", antwortete Jim, der der Entspanntere von beiden war.

„Gut." Jo lächelte breit. „Dann begleiten wir euch."

Jim und Jo gingen voraus, wobei sie sich immer wieder zueinander beugten, um sich leise zu unterhalten und von Zeit zu Zeit aufzulachen.

„Sieht so aus, als würden sie sich gut verstehen", flüsterte Ginnie, den Kopf vertraulich in Richtung ihrer Schwester geneigt.

Mina war gerade das Gleiche durch den Kopf gegangen. „Behalte sie besser im Auge." Ihre Schwester war kein kleines Mädchen mehr, keine

Frage, aber ihre Erfolgsbilanz bei Männern war nicht gerade herausragend, und bisher wussten sie so gut wie nichts über Jim. Mina hatte ihr ganzes Leben lang auf ihre jüngeren Schwestern aufgepasst, und jetzt schien nicht die Zeit, etwas daran zu ändern.

„Waren Sie schon einmal auf einer Kreuzfahrt?" fragte Kent, der das Schlusslicht in der Reihe bildete, in der sie den Flur Richtung Aufzüge durchquerten, hinter ihr.

Sie schüttelte den Kopf, ohne Jo aus den Augen zu lassen.

Im Aufzug musste keine der Schwestern etwas sagen, da Jim und Jo ganz gut darin waren, sie über ihre Interessen und Gemeinsamkeiten aufzuklären.

„Sieht so aus, als wären wir nicht die Einzigen, die Hunger haben." Ginnie blieb am Ende der langen Schlange vor dem Speisesaal stehen.

„Das ist nur am ersten Abend so", versicherte Kent.

Mina drehte sich zu ihm um. „Du warst schon mal auf einer Kreuzfahrt?"

„Ein paarmal. Einmal war ich mit dieser Linie unterwegs und einmal auf einem Party-Schiff."

„Party-Schiff?" Ginnie lachte.

Kent stimmte in ihr Lachen ein. „Kreuzfahrtlinien sind auf verschiedene Urlaubsarten spezialisiert. Ich habe zwei ausprobiert. Die andere Kreuzfahrt-gesellschaft richtet sich eher an junge Leute, die Lust auf Feiern haben. Die Reise hat Spaß gemacht, aber diese Linie stellt meiner Meinung nach eine Art goldenen Mittelweg dar."

„Gut zu wissen." Mina nickte und schickte dann noch rasch ein Lächeln hinterher. Daran würde sie arbeiten müssen. Es war weder Kents noch die Schuld seines Freundes, dass ihnen sein Bruder dieselbe Reservierung überlassen hatte wie seine Schwägerin ihr und ihren Schwestern. Und es war auch nicht seine

Schuld, dass der Kreuzfahrtlinie die Doppelbuchung nicht aufgefallen war.

„Wirklich?", quietschte Jo leise.

Mina war in Gedanken abgeschweift. „Was wirklich?"

„Es gibt die Möglichkeit, auf dem Schiff Tauchunterricht zu nehmen. Wir könnten uns alle zertifizieren lassen und dann im letzten Hafen mit den Fischen schwimmen!"

Jo war für Minas Geschmack etwas zu begeistert davon, sich unter die Wasseroberfläche zu begeben. Mina hatte nichts dagegen, im Meer zu schwimmen, viel lieber noch fuhr sie allerdings mit einem Schiff darüber. Und tauchen stand ganz sicher nicht auf ihrer Wunschliste.

„Tauchen ..." Ginnies Tonfall schwankte zwischen Schock und Ehrfurcht.

„Du klingst wie Mina." Jo runzelte die Stirn. „Von meiner ernsten Schwester habe ich Gegenwind erwartet, aber nicht von dir."

„Moment mal." Mina konnte sich nicht entscheiden, ob sie energisch mit dem Fuß aufstampfen und ganz direkt erläutern sollte, dass sie es ernst meinte, oder darauf hinweisen sollte, dass sie genauso viel Spaß haben konnte wie jeder andere auch. Nur eben nicht unter Wasser. „Ach, vergiss es."

„Siehst du?" Jo deutete auf ihre ältere Schwester. „Du hast absolut keinen Sinn fürs Abenteuer."

„Ich kann abenteuerlustig sein." Mina hatte sich entschieden. Auf keinen wollte sie mehr die Schwester mit dem Stock im Hintern sein.

„Ich warte gebannt auf den Tag, an dem es so weit ist ...", murmelte Jo leise, stellte sich dann auf die Zehenspitzen und gab Mina einen Kuss auf die Wange. „Aber wir lieben dich so, wie du bist."

Ginnie nickte ihrer Schwester zustimmend zu.

Und bereits nach den wenigen Minuten, die sie hier zusammen standen, entschied Mina, dass es eine Vollzeitaufgabe bedeuten würde, den Urlaub über ein Auge auf Jo zu haben. Sie konnte es kaum erwarten, bis ihre abenteuerlustige Schwester erkannte, dass Tauchunterricht nur die Spitze des sprichwörtlichen Eisbergs war. Für weniger risikoscheue Passagiere als Mina selbst reichte das Angebot von Felsklettern bis hin zu Parasailing und wer weiß was noch, das auf dem Programm stand. Ja, dachte Mina mit einem stummen Seufzen, mit Jo Schritt zu halten, war nichts für schwache Nerven. Die eigentliche Frage lautete jedoch, wie weit sie selbst bereit war zu gehen, um mitzuhalten.

Mehr als eine Zwei-Wort-Antwort aus Mina herauszubekommen, erwies sich für Kent als eine kleine Herausforderung. Obwohl er sich nicht sicher war, warum er sich eigentlich so bemühte. Bestimmt gab es einige Frauen auf diesem Schiff, die sich gerne mit ihm unterhalten hätten, und doch hatte Mina etwas an sich, das ihn dazu brachte, sich noch mehr anstrengen zu wollen, ein Gespräch mit ihr in Gang zu bringen. Er hatte das Gefühl, dass hinter dieser klassischen Schönheit mit der rauen Oberfläche einer fürsorglichen großen Schwester viel mehr steckte.

Jo und Jim unterhielten sich fröhlich über alles Mögliche, von der Speisekarte bis zu den Aktivitäten an Bord für ihren morgigen ersten Tag auf See. Die Art, wie Mina steif neben ihrer Schwester stand, deutete darauf hin, dass sie von den Vorschlägen nicht gerade begeistert war. Vielleicht interpretierte er aber auch zu viel in ihre Reaktionen hinein und sie ließ sich einfach nur schwer etwas von der Miene ablesen.

„Ihre Zimmerkarten bitte." Der Mann hinter dem Stehtisch am Eingang zum Restaurant warf einen Blick auf ihre Karten und nickte. „Folgen Sie mir bitte."

Jo winkte Kent und Jim zum Abschied mit einem süßen Lächeln und folgte dann dem Mann durch den Speisesaal.

„Sie ist nett." Jim hielt den Blick auf die Rücken der drei Frauen gerichtet.

„Das sind sie alle, aber sie sind auch die Nachbarinnen meines Bruders. Bitte tu nichts, was mir auf die Füße fallen könnte."

„Moi?" Jim riss in gespielter Unschuld die Augen auf.

Alles, was Kent tun musste, war, ihn anzustarren.

„Schon gut, ich hab verstanden, Finger weg." Jim hob verteidigend die Hände und grinste seinen Freund an. „Versprochen."

In Anbetracht dessen, wie gut Kent Jims humorvolle und spielerische Seite kannte, hoffte er inständig, dass er es tatsächlich ernst meinte.

Ein weiterer Restaurantmitarbeiter warf einen Blick auf ihre Karten und bedeutete ihnen dann ebenfalls, ihm zu folgen.

Die Opulenz der Speisesäle auf Schiffen wie diesem hatte Kent schon immer fasziniert. Der in Blautönen dekorierte Raum, die hohen Vorhänge zu beiden Seiten der großen Panoramafenster, die Säulen überall, der gold-blaue Teppichboden unter ihren Füßen sowie die mit Samt bezogenen Sitzgelegenheiten an den Tischen gehörten zu den wenigen Dingen, die noch aus den Tagen der Titanic und der Luxusreisen übrig geblieben waren und das Besondere einer Kreuzfahrt ausmachten.

Da er von seiner Umgebung dermaßen abgelenkt war, stieß Kent fast mit dem Mann zusammen, der sie zu ihrem Tisch führte, als dieser unerwartet stehen blieb. Noch weniger erwartet hatte er jedoch die Leute, die am Tisch vor ihnen saßen.

„Hallo." Eine ältere Frau mit einer Hochsteckfrisur, die Kent an Fotos seiner Großmutter aus den Fünfzigerjahren erinnerte, nickte ihm zu.

Neben ihr blickte ein Herr von seiner Speisekarte auf. „Ich schätze, damit werde ich nicht mehr in der Unterzahl sein."

„George." Die Frau schlug ihrem Mann leicht auf den Arm.

„Nichts für ungut, Liebes." Er beugte sich vor und gab seiner Frau einen liebevollen Kuss auf die Wange, bevor er zu Jim und Kent aufsah. „Ich bin George Findley. Dies sind meine Frau Susan und meine Tochter Jennifer."

„Kent Harwood."

„Jim Stein."

Von der anderen Seite des großen Tisches grinste ihnen Jo zu und winkte mit den Fingern. „Ist das nicht eine nette Überraschung?"

Jim ließ sich auf den freien Stuhl neben Jo sinken, wodurch für Kent nur der Platz gegenüber von Mina übrig blieb.

„Wir freuen uns so, hier zu sein", bemerkte Susan strahlend. „Nachdem wir die Reise zweimal verschieben mussten, hätte ich nicht gedacht, dass wir diesen Urlaub wirklich jemals machen würden."

„Ist es Ihre erste Kreuzfahrt?", erkundigte sich Mina.

Susan schüttelte den Kopf. „Oh, Himmel, nein. Wir unternehmen schon seit Jahren Schiffsreisen. Und Sie?"

„Es ist unser erstes Mal", antwortete Mina.

„Wir haben versucht, unsere anderen Töchter und ihre Familien dazu zu bringen, sich uns anzuschließen, aber diesmal hat es leider nicht geklappt."

„Könntet ihr euch vorstellen, wie es wäre, wenn wir unsere ganze Familie auf so eine Reise mitbringen würden?" Jo verdrehte die Augen.

Ginnie gestikulierte mit einer Hand in der Luft. „Sobald Mama damit fertig wäre, dem Koch zu zeigen, wie man richtig kocht, würde sie wahrscheinlich dem Kapitän sagen, wie er das Schiff zu steuern hat!"

Mina kicherte. „Du weißt genau, dass sie die ganze Zeit in der Küche verbringen würde."

„Deine Mutter kocht gerne?", fragte Susan.

„Ist der Papst katholisch?", gab Ginnie amüsiert zurück.

Susan und ihr Mann lachten, während ihre Tochter dem Geplänkel so still zusah wie ein Zuschauer bei einem Tennismatch.

Bis sie mit dem Abendessen fertig waren, hatte Kent erfahren, dass Susan und George stolze Eltern von vier Mädchen waren. Drei davon erwachsen und verheiratet. Er vermutete, dass Jennifer die Überraschungs-Nachzüglerin gewesen war. Er war auch verblüfft gewesen, die italienischen Namen seiner drei neuen Mitbewohnerinnen zu erfahren. Wenn er nicht bereits gewusst hätte, dass sie einen italienischen Familien-Background hatten, hätten Namen wie Philomena, Giovanna und Giuseppina anstatt Joanna oder Josephine sicherlich ihre familiäre Herkunft verraten.

„Darf ich das wirklich?" Zum ersten Mal an diesem Abend schien Jennifer wirklich aufgeregt wegen etwas zu sein. Das einzige Problem war nur, dass Kent nicht mitbekommen hatte, worum sich das Gespräch gerade drehte.

„Oh", Susan runzelte die Stirn, „ich weiß nicht."

„Daddy? Bitte!"

„Es wird absolut sicher sein", versicherte Jo. Mina

und Ginnie dagegen sahen fast so verwirrt aus wie Mrs. Findley.

„Daddy?“

„Na ja …“ Von seiner Frau, die ihn stirnrunzelnd ansah, bis zu dem Hundeblick seiner Tochter konnte Kent den Konflikt ablesen, mit dem der arme George zu kämpfen hatte. Er stieß ein langes Seufzen aus und streckte die Hand aus, um die seiner Frau zu drücken, dann nickte er. „Ich nehme an, wenn Miss Ummarino es ausprobiert und die Schiffsmitarbeiter sagen, dass es in Ordnung ist, dann ist es das für mich auch. Ob du dann auch tatsächlich im Ozean tauchst, müssen wir noch sehen.“

Ah, jetzt hatte Kent verstanden, worum es ging. Jo hatte den Tauchschein nicht vergessen und anscheinend außerdem Jennifer dazu überredet, mit ihr Unterricht zu nehmen.

„George?“

„Es wird alles gut gehen, Susan.“

Die arme Frau sah nicht überzeugt aus, aber George hatte recht. Der Schiffspool war wahrscheinlich der sicherste Ort, um Tauchen zu lernen.

„Zeit für das Musikquiz.“ George legte seine Serviette beiseite, trank den letzten Schluck Wein und erhob sich. „Heute ist Elvis-Abend. Habt ihr Lust mitzumachen? Susan und ich sind wahre Elvis-Fans, aber ein wenig Team-Unterstützung hat noch niemandem geschadet.“

Die drei Schwestern sahen sich an. Die Erste hob eine Augenbraue, die Zweite verzog den Mund – und am Ende nickten alle.

„Und was ist mit den beiden Herren?“

Bevor Jim begeistert zustimmte, um noch mehr Zeit mit Jo verbringen zu können, meldete sich Kent zu Wort. „Vielleicht ein andermal. Heute wollten wir uns das Casino ansehen.“

Als sie aufstanden, um den Tisch zu verlassen, glaubte Kent, so etwas wie Enttäuschung in Minas Augen aufblitzen zu sehen. Auf dem Weg nach draußen schlängelte er sich an den Tischen vorbei und lauschte ihrer fröhlichen Unterhaltung mit Susan und Jennifer. Dabei entschied er, dass seine Beobachtungen nichts weiter als hoffnungsvolle Gedanken waren. Und warum kümmerte es ihn überhaupt?

KAPITEL 5

„Es ist erst der zweite Tag dieser Reise, und ich fühle mich schon wie ein Truthahn an Thanksgiving." Ginnie schob sich vom Tisch zurück.

Jo tätschelte ihren Bauch. „Du hast recht, aber das ist es so was von wert. Ich kann gar nicht sagen, was besser war, die Eggs Benedict oder die Crêpe mit Zucker."

„Ich weiß nur, wenn sie uns weiter so füttern, müssen sie mich in einer Schubkarre von diesem Schiff rollen." In einem italienischen Haushalt aufgewachsen, war Mina gutes Essen nicht fremd, aber dieses nie endende Angebot an köstlicher Küche war definitiv eine Bedrohung für ihre Taille.

„Ich werde jetzt was von dem Essen beim Tauchkurs abtrainieren." Jo schaute sich in der Runde um. „In zwanzig Minuten treffe ich mich mit Jennifer. Hat jemand von euch seine Meinung geändert und möchte sich uns anschließen?"

„Ich bin bereits zertifiziert, danke."

Mina wandte sich erstaunt zu Kent um. „Wirklich?"

Er nickte. „Guck nicht so verwundert."

„Sorry." Sie hatte keine Ahnung, warum sie seine Bemerkung so überraschte. Sie nahm an, dass sie tief im Inneren davon ausging, dass nur Menschen, die in der Nähe des Meers lebten, Interesse am Tauchen hatten. Eine kurzsichtige Annahme, aber nun fragte sie sich, was wohl sonst noch unter der Oberfläche dieses Mannes schlummerte.

„Ich fürchte, ich muss zu einem sehr wichtigen Mittagessen." Jim lächelte seine Mitbewohnerinnen an.

„Mittagessen?" Kents Brauen berührten praktisch seinen Haaransatz. „Wir haben gerade gefrühstückt."

Jim wandte sich seinem Freund zu. „Das weiß ich, und das weißt du, aber die attraktive blonde Frau aus dem Casino, die ich gestern Abend kennengelernt habe, nicht."

Kent verdrehte die Augen und zuckte mit den Schultern. „Na dann, viel Spaß."

„Den werde ich haben." Jim zwinkerte seinem Kumpel zu.

Langsam beschlich Mina das Gefühl, dass sie auf dieser Reise doch nicht allzu viel von ihrem fünften Mitbewohner zu sehen bekommen würde.

„Also", Ginnie lächelte sie an, „Rumba-Kurs oder Gesellschaftsspiel-Zimmer?"

Jo runzelte die Stirn. „Ich würde auch total gerne Rumba-Unterricht nehmen. Heute Nachmittag findet noch ein weiterer Kurs statt. Warum geht ihr jetzt nicht eine Runde spielen, und nach dem Mittagessen treffen wir uns alle zum Rumba-Tanzen?"

Mina sah zu ihrer anderen Schwester.

„Für mich okay, wenn es für dich auch in Ordnung geht." Ginnie zuckte mit den Schultern und wandte sich an Kent. „Bist du bereit für ein kleines Kartenspiel, oder hast du andere Pläne?"

Mina verlagerte ihr Gewicht von einem Fuß auf den anderen, als Kent nicht sofort antwortete. Sie war sich sicher, dass er nach einer Möglichkeit suchte, sie nicht begleiten zu müssen. Aber zu ihrer Überraschung lächelte er schließlich und nickte. „Hört sich an, als könnte es Spaß machen."

Ein paar Decks weiter oben fanden sie das Spiel-zimmer, in dem viel mehr Leute saßen, als Mina erwartet hatte. Niemals hätte sie geglaubt, so viele Menschen beim Kartenspielen anzutreffen wie sonnenhungrige Passagiere die Liegen auf dem Oberdeck belagerten.

„Sieht so aus, als wären wir nicht allein." Mina musterte die Leute, die sich bereits mit ihrem Lieblingsspiel hingesetzt hatten, und ging ihre Optionen durch. „Karten oder Brettspiel?"

Ginnie zuckte mit den Schultern, und Kent hob die Hände. „Ich mache alles mit."

Ein Tisch fiel Mina ins Auge. Es war einer der wenigen größeren, an dem Platz für acht statt lediglich für sechs oder vier Personen war. Und es waren noch drei Stühle frei. „An dem Tisch dort drüben sitzt eine größere Gruppe, das könnte vielleicht interessant sein."

Kent und Ginnie nickten zustimmend.

Es kostete Mina ein zusätzliches Quäntchen Wil-lenskraft, nicht nach unten Richtung Kents Hand zu schauen, als er diese auf ihren Rücken legte, um sie zwischen den Tischen und Stühlen hindurchzu-manövrieren. Ein Herr an besagtem Tisch mischte gerade ein Kartenspiel, während ein anderer ein zweites Deck öffnete.

Kent warf einen Blick in die Runde der Spieler. „Sind diese Plätze besetzt?"

„Spielt ihr Poker?", erkundigte sich der Mann, der die Karten mischte, mit tiefer Stimme. Er war etwa Mitte vierzig und hatte graubraunes Haar. Fragend hob er eine Augenbraue, während er auf eine Antwort wartete.

Da sie absolut keine Ahnung hatte, ob Kent Poker spielte, warf Mina ihm einen Seitenblick zu und flüsterte: „Kennst du die Regeln?"

Der Hauch eines Lächelns zierte seine Lippen. „Einigermaßen."

Mina hielt ihre Stimme gesenkt und beugte sich noch näher zu ihm. „Ich habe seit meiner Kindheit nicht mehr gespielt; wahrscheinlich bin ich nicht besonders gut."

„Ist ja nur zum Vergnügen", flüsterte er zurück. „Ich glaube nicht, dass hier irgendjemand auf ein Meisterschaftsspiel aus ist." Er zog einen Stuhl für sie zurück und lächelte in die Runde. „Sieht so aus, als wären wir dabei."

Aus irgendeinem Grund sah der Mann mit der tiefen Stimme alles andere als begeistert aus – was die Frau mit den braunen Haaren neben ihm ebenfalls bemerkt haben musste, denn sie rammte ihm nicht wirklich zaghaft ihren Ellbogen in die Seite.

Der Typ räusperte sich und setzte ein Lächeln auf, das Mina eher an ein höhnisch grinsendes Raubtier erinnerte, das sich auf seine nächste Mahlzeit freute. „Ich bin Jake. Freut mich, dass ihr mitspielt."

Die anderen Leute am Tisch stellten sich ebenfalls vor, und der mürrische Jake teilte die erste Hand aus. „Five Card Stud. Nichts Wildes, aber wir spielen auch nicht wie ein Haufen Weicheier."

„Jake." Wieder stieß ihn die Frau mit dem Ellbogen an.

„Ich sag ja nur, das ist ein echtes Männerspiel."

Diesmal begnügte sich die Frau damit, die Augen zu verdrehen.

Als Nächstes öffnete Jake einen kleinen Koffer, der auf den ersten Blick an ein Reiseschachspiel erinnerte, doch darin befand sich ein buntes Sortiment kleinerer Pokerchips.

Mina fragte sich, worauf sie sich da eingelassen hatten.

Auf die Kiste starrend, klappte Kent seinen Kiefer zu, als er spürte, wie Mina sich zu ihm rüber beugte. „Vielleicht war das ein Fehler? Mit acht war ich auch schon nicht besonders gut im Kartenspielen."

„Es ist nur ein Spiel", versicherte Kent ihr und sich selbst. „Nur ein Spiel."

Este Runde, fünf Karten, alle erhöhten – und Kent konnte sich nicht entscheiden, was er mit dem Mischmasch anstellen sollte, den er auf der Hand hatte. Er legte zwei Karten ab und beobachtete, wie Ginnie das Gleiche tat. Mina starrte mit versteinertem Gesicht auf die Karten. Kent fragte sich, ob sie keine Ahnung hatte, was vor sich ging, oder ob sie ein hervorragendes Pokerface hatte. Wenig später waren er und zwei andere Spieler draußen und nur Jake, Mina und ein ziemlich netter Bursche namens Joe, der bisher sehr wenig gesagt hatte, waren noch übrig.

Kent hielt seinen Blick auf Mina gerichtet und wartete.

„Drei Damen." Jake legte seine Karten auf den Tisch. Auch wenn sich sein Gesichtsausdruck nicht veränderte, konnte Kent das zufriedene Leuchten in seinen Augen erkennen.

„Schlägt mich. Ein Zweier-Paar und Fünfer." Joe warf seine Karten auf den wachsenden Stapel.

Wie Jakes hatte sich auch Minas Gesichtsausdruck nicht verändert, aber Kent entging das Lächeln in ihren Augen nicht. „Sieht aus, als ginge die Runde an mich, Jungs." Ordentlich vor ihr ausgebreitet lagen drei Zehner und zwei Buben.

In der nächsten Runde teilte die Frau an Jakes Seite die Karten aus, doch auch diesmal war das Glück Kent nicht besonders hold. Entweder er behielt das Paar Zweier oder die drei Herzen. Beide Optionen waren wenig vielversprechend. Als er an der Reihe war, entschied er sich für den Flush und warf zwei Karten ab. Zu seiner Linken blieb Mina stoisch ruhig. Kein Kartenmischen, keine vielsagende Mimik. Sie wartete einfach nur darauf, dass sie an der Reihe war. Als es so weit war, bat sie um eine Karte. Die Einsätze wurden erhöht, und die letzten beiden Spieler waren Jake und Mina. Genau wie in der letzten Runde schlug Mina Jakes Ace High Straight Flush, worauf dieser ein alles andere als glückliches Gesicht machte. Kent war sich nicht sicher, was das Protokoll verlangte, riskierte aber, seine Hand auszustrecken und für eine Sekunde Minas zu drücken. Dass sie bei der Berührung leicht zusammenzuckte, verriet ihm, wie aufmerksam sie das Spiel verfolgte. Als ihr Blick seinem begegnete, huschte ein kurzes Lächeln über ihre Lippen. Es war ein hübsches Lächeln.

„Ich dachte, du hättest erwähnt, dass du seit deiner Kindheit nicht mehr gespielt hast?", bemerkte eine der Frauen am Tisch, die gerade das Deck für den Dealer teilte, und lächelte Mina an.

„Das stimmt", erwiderte Mina leise.

Die Frau hob halbherzig eine Schulter. „Dann, meine Liebe, schlage ich vor, dass du anschließend dein Glück im Casino versuchst."

Mina kicherte leise. „Jedes Anfängerglück findet irgendwann ein Ende."

Ob es sich tatsächlich um Anfängerglück handelte, war allerdings fraglich. Die nächsten paar Runden verliefen ziemlich ähnlich wie die ersten beiden, solange Mina im Spiel blieb. Eine Runde ging an Ginnie und eine an Joe. Wenn Mina nicht vorher ausstieg, gewann sie das jeweilige Spiel. Ihr Blick hatte eine fast konstante Intensität. Sie war wahnsinnig konzentriert, hatte ein sicheres Gespür dafür, wann sie mitgehen und wann sie setzen, wann sie erhöhen oder aussteigen sollte, und bisher hatte sie noch keine einzige Runde daneben gelegen. Wenn Kent es nicht besser wüsste, hätte er gewettet, dass sie eine professionelle Spielerin war. Aber vielleicht war sie das ja tatsächlich? Schließlich hatte sie bisher noch kein Wort darüber verloren, was sie oder ihre Schwestern beruflich machten. Obwohl sie gesagt hatte, dass sie seit ihrer Kindheit nicht mehr gespielt hatte. Er schüttelte den Kopf, um den verrückten Gedanken zu verscheuchen.

Mehr Runden wurden gespielt, und Mina gewann weiter. Bis irgendwann ein Stuhl nach dem anderen zurückgeschoben wurde – es war eindeutig an der Zeit, sich anderen Aktivitäten zuzuwenden. Die Leute an den Tischen erhoben sich, lachten und unterhielten sich mit ihren neuen Bekanntschaften, während sie aus dem Raum schlenderten. Da sie selbst noch mitten in einem Spiel steckten, hatte sich bisher niemand an ihrem Tisch bewegt. Kent war sich ziemlich sicher, dass Jake gespielt hätte, bis sie wieder im Heimathafen anlegten, nur um seine theoretischen Verluste zurückzugewinnen.

„Sehen wir uns beim Tanzkurs?" Jennifers Mutter war aufgetaucht und legte Mina eine Hand auf die Schulter. Im Flüsterton fügte sie hinzu: „Mein Mann hat zwei linke Füße, aber die Hoffnung stirbt bekanntlich zuletzt."

Mina blinzelte, und Kent konnte beinahe sehen, wie ihre Gedanken vom Kartenspielmodus in den Gesellschaftsmodus wechselten. Ein weiteres Blinzeln, und sie nickte. „Oh. Ja. Natürlich." Fast nebenbei weiteten sich ihre Augen, und sie warf einen erneuten Blick auf ihre Karten.

„Ha, diesmal bist du erledigt." Jake legte seine Karten auf den Tisch. Ein Full House, Buben und Zehnen.

Mina grinste, schob die Karten, die sie in ihrer Hand hielt, zusammen und legte sie verdeckt vor sich, bevor sie sich erhob. „Danke, dass wir mitspielen durften. Es hat Spaß gemacht."

Dann verließen sie zu dritt das Spielzimmer, gingen den kurzen Flur hinunter und traten durch die Doppelglastür auf das Deck hinaus.

Mina ballte die Hände, trampelte mit den Füßen auf den Boden und jubelte so laut, dass Kent vor Überraschung beinahe gestolpert wäre.

„Ich habe gewonnen!", rief sie laut. „Ich gewinne sonst nie. Nie!"

Ihre Freude war ansteckend. Selbst wenn Kents Leben davon abgehangen hätte, wäre es ihm nicht gelungen, das Lächeln, das sich auf seinem Gesicht ausbreitete, zurückzuhalten. „Ich dachte, du hättest gesagt, du hast ganz lange nicht mehr gespielt?"

Eine Hand auf ihr Herz gepresst, die Augen immer noch vor Freude strahlend, lehnte Mina am Geländer und schüttelte den Kopf. „Das stimmt auch, seit meiner Kindheit nicht mehr. Meine Großmutter hat mir Poker beigebracht. Damals haben wir stundenlang gespielt, wenn ich sie besucht habe. Sie hatte ein Händchen für Karten. Der arme Nonno hat immer verloren. Obwohl ich manchmal dachte, er tut es absichtlich, nur um meine Nonna lächeln zu sehen. Sie waren ein tolles Paar. Jedenfalls habe ich nur selten die Gelegenheit zu spielen, aber wenn, dann gewinne ich nie. Weder beim Rommé noch beim Monopoly oder Schach. Ganz zu schweigen von den vielen Lottoscheinen, die ich schon gekauft habe. Ich gewinne einfach nie."

„Deine Pechsträhne hast du heute auf jeden Fall beendet. Du warst definitiv die Herzkönigin."

„Herzkönigin." Ihr Gesichtsausdruck wurde weicher. „Das gefällt mir."

Die Doppeltür öffnete sich wieder, und heraus kamen die anderen Kartenspieler von ihrem Tisch.

„Jetzt weiß ich auf jeden Fall, wer der Kartenhai in

der Familie ist." Jakes bessere Hälfte grinste Mina an. „Es ist schön zu sehen, wie gut ihr zusammenarbeitet. Nicht alle Männer können so offen ihren Stolz zeigen, wenn ihre Frau sie in irgendetwas schlägt. Vor allem beim Kartenspielen."

„Oh, ich bin nicht …", begann Mina.

„Kein Grund, bescheiden zu sein." Die Frau winkte ab und trat einen Schritt auf Mina zu. „Du hast jede Runde, die du uns geschlagen hast, dadurch wiedergutgemacht, dass du Kent, wenn er gewonnen hat, angegrinst hast, als hätte er persönlich für dich den Mond an den Nachthimmel gehängt. Unglaublich süß." Inzwischen waren ihr Mann und ihre Freunde weitergegangen. „Es ist gut für Jake, ab und zu zu verlieren. Aber jetzt sollte ich mich beeilen, sonst muss ich die anderen später noch suchen. Vielen Dank für das unterhaltsame Spiel. Und fürs Protokoll, ihr seid ein wirklich schönes Paar. Wie füreinander geschaffen."

„Oh, wir sind kein …" Bevor Kent das Wort „Paar" aussprechen konnte, war die Frau bereits weitergeeilt, um ihre Reisegruppe einzuholen.

Einen Moment lang wusste Kent nicht, was er sagen sollte. Mina und ihre Schwester schienen das ganze Durcheinander jedoch gelassen zu nehmen.

Einer der Mitarbeiter kündigte über Lautsprecher an, dass in zwei Minuten der Rumba-Kurs beginnen würde.

„Wir sollten uns besser beeilen." Ginnie beschleunigte ihr Tempo. „Ich möchte wissen, wie Jos Unterricht gelaufen ist."

Kent folgte den beiden Schwestern, beobachtete, wie sie lachten und in Minas Siegesserie schwelgten. Es war ihm nicht entgangen, dass sie beide auf ihre ganz eigene Art wunderschön waren, und außerdem nett und klug. Verdammt, das Gleiche hätte er auch über Jo sagen können, aber trotzdem war es nur Mina, die in kürzester Zeit sein Interesse geweckt hatte. Wenn er ehrlich zu sich selbst war, sogar mehr als das. Sie begann ihm langsam, aber sicher richtig unter die Haut zu gehen. In ihrer Nähe fiel es ihm leicht zu lächeln, und das gefiel ihm. Sehr. Jim konnte seinetwegen die ganze Nacht mit sämtlichen alleinstehenden Frauen an Bord feiern. Alles, was er selbst wollte, war, mehr darüber zu erfahren, wie diese ruhige Frau tickte, und dafür hatte er weniger als eine Woche. Allerdings hatte er das ziemlich eindeutige Gefühl, dass es ihm nichts ausmachen würde, sehr viel mehr Zeit aufzuwenden, um sämtliche Facetten kennenzulernen, die Mina Ummarino ausmachten.

„Wir haben morgen schon früh eine Tour." Mina sah auf ihre Uhr. „Deswegen sollten wir wahrscheinlich langsam Schluss machen."

Jo nahm einen Schluck von ihrem fruchtigen Getränk. „Ich hab einen Riesenspaß, aber meine Füße fangen an wehzutun."

Ginnie deutete auf die Stöckelschuhe ihrer Schwester. „Wenn du vernünftigere Schuhe tragen würdest, wäre das garantiert nicht der Fall."

„Stimmt", Jo deutete mit ihrem Glas auf ihre Schwester, „aber leider fehlt mir das Größen-Gen, das ihr beide geerbt habt."

Die Schwestern unterschieden sich in ihrer Größe in der Reihenfolge ihrer Geburt. Mina war mit einem Meter vierundsiebzig am größten. Als Nächstes kam Ginnie mit einem Meter siebzig und dann Jo mit nur einem Meter vierundsechzig. Nicht, dass sie wirklich klein war, dennoch hatte sie mehrere Teenagerjahre damit verbracht, über die Ungerechtigkeit zu schimpfen, die Kleinste in der Familie zu sein.

„Ich bin alt genug, um es besser zu wissen, und ich trage immer noch Absätze." Susan tätschelte Jo den Arm. „Es spricht einiges dafür, Menschen in die Augen schauen zu können. Du solltest nicht auf Absätze verzichten."

„Danke dir."

Mina sah sich in dem großen Club um. Sie hatte sich mehr als einmal dabei ertappt, wie sie nach Kent Ausschau gehalten hatte. Sie fragte sich, ob er mit Jim und der Frau feierte, die dieser kennengelernt hatte, oder ob er schon früher in ihre Suite zurückgegangen war. Das war allerdings höchst unwahrscheinlich, auch wenn sie wusste, dass die beiden Freunde ebenfalls einen Ausflug am nächsten Morgen geplant hatten. Kent war ihr ein bisschen ein Rätsel, eines, das ihre Neugier weckte und sie nicht mehr losließ.

Als eine langsame vertraute Melodie zu spielen begann, griff Mr. Findley nach der Hand seiner Frau. „Wollen wir?"

Susan lächelte ihn an, und Mina wünschte sich, sie hätte auch jemanden zum Tanzen. Als sie sich noch einmal umsah, ahnte sie, dass sie Kent nirgendwo entdecken würde, dennoch konnte sie sich nicht davon abhalten. Schließlich stand sie auf und nickte ihren Schwestern zu. „Ich mache Schluss für heute Abend. Bleibt nicht zu lange."

Jo nickte. „Ich komme nach, sobald ich meinen Drink ausgetrunken habe."

„Und ich", Ginnie grinste ihre Schwester an, „werde dir Gesellschaft leisten."

Mina lächelte und nickte ihrer nächstjüngeren Schwester zu. „Gute Idee."

Kurz darauf schob Mina ihre Schlüsselkarte in die Tür der Suite, öffnete sie, trat ein und schloss sie hinter sich. Um nicht über etwas zu stolpern, schaltete sie das Licht ein – und bekam beinahe einen Herzinfarkt, als Kent im selben Moment von der Couch aufstand.

„Tut mir leid, ich wollte dich nicht erschrecken."

Sie warf ihre Karte auf die Theke der Bar. „Warum sitzt du hier im Dunkeln?"

Er zuckte mit den Schultern. „Die Aussicht ist so schön."

Sie durchquerte den Wohnbereich und blickte durch die geöffneten Terrassentüren nach draußen. Er hatte recht. Das dunkle Meer schimmerte wunderschön im Mondlicht. „Die Aussicht ist wirklich toll."

„Hier draußen herrscht eine Ruhe, die ich von zu Hause nicht kenne. Das gefällt mir."

Mina war inzwischen auf die Terrasse hinausgegangen und nickte zustimmend. „Ja, es ist tatsächlich wunderbar ruhig."

Kent schnappte sich das Getränk, das er auf dem Tisch vor sich abgestellt hatte, und trat neben sie. „Woran denkst du gerade?"

„Eine Menge Dinge, schätze ich."

„Wie zum Beispiel …?"

„Nun, zum einen frage ich mich, wie viele atemberaubende Aussichten es auf dieser Welt gibt, von deren Existenz ich keine Ahnung habe."

„Wenn man bedenkt, dass es eine sehr große Welt ist, schätze ich, eine Menge. Ich nehme an, das ist der Grund, aus dem Leute eine Bucket List anlegen."

Sie lehnte sich gegen das Geländer und drehte sich zu ihm um. „Hast du auch eine?"

„Eine Bucket List? Nicht wirklich, aber langsam denke ich, dass ich vielleicht eine zusammenstellen sollte."

„Dito."

Er stand einige Augenblicke still an ihrer Seite, bevor er sich ebenfalls mit dem Rücken zum Geländer drehte und sie ansah. „Und woran hast du noch gedacht?"

„Das verrate ich dir nur, wenn du versprichst, nicht zu lachen."

Er hob zwei Finger zum Schwur.

„Diese Suite ist wunderschön, aber riesig. Warum zum Teufel braucht ein Paar in den Flitterwochen so viel Platz?"

„Ganz deiner Meinung. Ich kann mir nicht vorstellen, dass es viele Gelegenheiten für Flitterwochen zu fünft gibt."

„Was?" Sie runzelte verwirrt die Stirn.

„Na ja, wir teilen uns diese Suite zu fünft, man könnte also sagen, es sind Flitterwochen für fünf."

„Okay … so hätte ich das jetzt nicht bezeichnet."

Sie bewegte sich im selben Moment nach links wie er nach rechts, sodass sie sich auf einmal sehr nahe waren. Mina konnte seinen warmen Atem auf ihrem Gesicht spüren und wusste, dass sie einen Schritt zurücktreten, sich abwenden sollte, irgendetwas tun, um den unerwarteten Bann zu brechen, der sie wie zwei Magnete zusammenzuziehen schien.

Sie schaffte es gerade so, das letzte bisschen Vernunft zusammenzukratzen, als Kent sich räusperte und einen großen Schritt zurück machte. „Wir müssen morgen früh raus. Ich werde langsam ins Bett gehen."

„Ja." Sie nickte. „Ich auch."

Als er trotzdem zögerte, sich abzuwenden, fragte sich Mina, was sie sonst noch sagen oder tun könnte. Ihr fiel nichts ein. Jedenfalls nichts Sinnvolles. Die Erinnerung an seine warme Hand auf ihrem Rücken, als sie durch das Gesellschaftsspielzimmer gegangen waren, ließ sie in Versuchung geraten, die kleine Lücke, die er zwischen sie gebracht hatte, wieder zu schließen, um ihm einen Grund zu geben, sie noch einmal zu berühren. Eine sehr dumme Idee.

Sein Blick ruhte auf ihr, und er lächelte, fast so, als wüsste er, was sie gerade gedacht hatte. „Schlaf gut."

„Du auch", gelang es ihr leise zu antworten.

Kent drehte sich um, und erst als er die Schlafzimmertür hinter sich geschlossen hatte, trat sie in den Wohnbereich zurück. Wenigstens wusste sie nun noch etwas, was sie zuvor nicht gewusst hatte. Kent Harwood war kein Partylöwe. Und das gefiel ihr.

KAPITEL 6

„**W**arum legt ein Kreuzfahrtschiff um sechs Uhr morgens an, wenn der Tag noch weitere dreiundzwanzig Stunden hat?" Mina stand in der Mitte des zimmergroßen Schranks und griff nach ihren Lieblingsschuhen.

„Wahrscheinlich", Ginnie zwirbelte ihr Haar zu einem Knoten und steckte es mit einer Spange fest, „weil es noch weniger gut ankommen würde, um fünf anzulegen."

„Es ist nicht die Schuld des Schiffes, dass wir uns verspäten." Jo befand sich auf allen Vieren am Boden mit dem Kopf unter dem Bett, um nach ihren Schuhen zu suchen. „Der Wecker ist schuld, weil er nicht geklingelt hat."

„Der klingelt prima, wenn man ihn richtig stellt." Ginnie schlüpfte in ihre Schuhe.

Jo sprang ohne ihre Schuhe auf. „Ich hab ihn richtig gestellt."

„Wir haben weniger als eine halbe Stunde, um von diesem Schiff runterzukommen und in den Bus zu steigen – sonst verpassen wir unsere Tour." Mina schnappte sich ihre Schlüsselkarte. Sie wäre genauso glücklich damit gewesen, den Morgen im Bett und den Rest des Tages entspannt auf einem Liegestuhl zu verbringen, während sich ihre Schwestern die alten Ruinen auf der Insel ansahen. Nicht, dass sie etwas gegen Sehenswürdigkeiten hatte, sie mochte nur keine zweistündige Busfahrten, für die man noch vor den Hühnern aufstehen musste.

„Wie kann ich ein Paar Schuhe in einem Zimmer verlieren? Suite hin oder her, so groß ist die Kabine auch wieder nicht." Jo stapfte zu dem Schrank, den Mina gerade verlassen hatte, und zog das an, was Mina so oft ihre Peeptoe-Klapperer genannt hatte. Die Flip-Flops mit Kitten-Heel-Absatz waren süß, aber wenn sie darin schnell ging, klickten die Absätze geräuschvoll auf dem Boden und die hintere Seite der Schuhe schlug gegen ihre Ferse. An einem ruhigen Tag konnte einen der Lärm verrückt machen.

„Bist du sicher, dass du damit zwischen diesen Ruinen spazieren gehen willst?" Selbst als Mina in Jos Alter gewesen war, hatte sie vernünftigere Schuhe getragen. Zumindest wenn klar gewesen war, dass sie viel laufen musste.

„Die sind sehr bequem." Jo zuckte mit den Schultern.

„Bequem oder nicht", Ginnie steckte ihre Karte in ihre Brusttasche, „wenn wir jetzt nicht gehen, und ich meine *jetzt sofort*, ist der einzige Ort, an dem sie in diesen Schuhen laufen wird, das Promenadendeck."

„Was ist mit Frühstück?" Jo sah auf die Uhr. „Vergesst es. Ein guter Tag, um Intervallfasten auszuprobieren."

Mina lachte. „Du findest auch wirklich immer den sprichwörtlichen Silberstreif am Horizont."

Die drei Schwestern eilten lachend zur Tür hinaus und den Flur hinunter.

„Lasst uns die Treppe nehmen. Das geht schneller, als auf einen leeren Aufzug zu warten." Jo hatte bereits zwei Stufen nach unten genommen, als Mina Ginnie einholte, die ihre kleine Schwester anstarrte.

Mina zuckte mit den Schultern. „Sie hat recht."

„Manchmal hasse ich es, wenn das Kind recht hat.

Wenigstens müssen wir runter und nicht hoch."

Während sie sich beeilten, mit ihrer jüngsten Schwester Schritt zu halten, die praktisch die Treppe hinunterhüpfte, musste Mina kichern. Für jemanden, der auf nüchternen Magen unterwegs war, hatte Jo genug Energie für sie drei.

„Oh, gut." Jo blieb am Fuß der Treppe stehen. „Eine weitere schöne Sache an der Verspätung ist, dass die Warteschlangen kurz sind. So ähnlich wie am Flughafen. Jeder kommt möglichst früh, um dann in einer langen Schlangen zu warten. Die Nachzügler können immer gleich einchecken."

„Holt schon mal eure Zimmerkarten raus. Je schneller wir ausstempeln, desto eher können wir das Boot verlassen." Ginnie hielt ihre Schlüsselkarte bereits in der Hand.

Jo machte einen Schritt von dem makellosen Teppichboden auf den Gitterrost, der zur Gangway führte, und kippte augenblicklich schwankend nach rechts, wobei sie einen Schuh verlor. „Oh nein!" Sie hielt eine schockierend rosa Sandale mit einem baumelnden Absatz hoch.

„Vielleicht gibt es in der Stadt ja eine Art Schuhgeschäft."

„Bestimmt." Jo verdrehte die Augen. „Inmitten einer antiken archäologischen Stätte hat mit Sicherheit jemand ein Einkaufszentrum gebaut."

„Hey", Ginnie stemmte ihre Hände in die Hüften, „immerhin gibt es einen Pizza Hut praktisch gegenüber der Großen Pyramiden in Ägypten. Das mit dem Schuhgeschäft ist also gar keine so verrückte Vorstellung."

„Hier." Mina schlüpfte aus ihrem einen Schuh und reichte ihn ihrer Schwester, dann balancierte sie auf dem nackten Fuß, um auch den zweiten Schuh auszuziehen. „Zieh die an. Ich renne schnell noch mal hoch und hole ein weiteres Paar.“

„Dafür ist keine Zeit“, gab Jo mit gerunzelter Stirn zu bedenken.

Mina sah auf ihre Uhr. „Uns bleiben fünfzehn Minuten. Wenn ich mich beeile, schaffe ich das.“

„Was willst du machen?“ Ginnie hielt noch immer die Hände, inzwischen zu Fäusten geballt, in die Hüften gestemmt. „Die Treppe hoch*sprinten*?“

In diesem Moment hörten sie das Läuten des Fahrstuhls in ihrem Rücken und die Türen öffneten sich.

Mina grinste ihre Schwester an, sie liebte es, wenn das Timing stimmte. „Nö. Ich fahre jetzt gegen den Strom.“

„Beeil dich!“, rief Jo ihr nach.

„Ja, Ma'am. Falls ich aufgehalten werde, wartet nicht auf mich.“

„Okay“, riefen Ginnie und Jo im Chor. „Jetzt geh schon.“

„Bin unterwegs. Aber wenn der Bus nicht wartet, fahrt! Ich finde was anderes, das mir Spaß macht. Macht euch deswegen keine Gedanken!“ Immerhin hatte sie sich eingeredet, dass sie ab sofort abenteuerlustiger sein würde.

Die Aufzugtüren schlossen sich hinter Mina, und sie behielt ihre Uhr im Auge. Immerhin hatte sie mit einer Sache recht. Um diese Zeit fuhren alle Passagiere nach unten und nicht nach oben. Der Fahrstuhl hielt nur zweimal, um ein paar kluge Leute abzuholen, die zum Frühstücksbuffet gingen, anstatt sich wie Sardinen in der Büchse in einem Bus voller Touristen herumfahren zu lassen.

Als der Aufzug auf ihrem Stockwerk zum Halten kam, stürmte Mina hinaus, noch bevor sich die Türen vollständig geöffnet hatten. Sie rannte beinahe den Flur entlang und steckte ihre Schlüsselkarte in den Schlitz, als im selben Moment die Tür aufschwang.

„Oh." Sie presste sich eine Hand auf die Brust.

„Entschuldige", in der Tür stand Kent, „ich wollte dich nicht erschrecken."

„Ich dachte, du und Jim wolltet auch früh los?"

„Jim und seine neue Bekanntschaft aus dem Casino haben nach dem Abendessen die Nacht zum Tag gemacht. Er schläft noch."

„Oh. Okay. Tut mir leid, dass ich keine Zeit zum Plaudern habe, aber wenn ich mich nicht beeile, verpasse ich den Tourbus." Sie schob sich an ihm vorbei und rannte zu ihrem riesigen Kleiderschrank, um wenige Sekunden später mit einem Slipper in jeder Hand wieder barfuß an Kent vorbeizueilen. „Bis später."

„Bis später", erwiderte er.

Beschäftigt damit, auf ihre Uhr zu schauen, während sie überlegte, ob sie diesmal wieder die Treppe oder doch den Aufzug nehmen sollte, wäre Mina beinahe von der ersten Stufe gestürzt.

„Vorsichtig!" Kents Finger schlossen sich fest um ihren rechten Arm. „Du ruinierst deinen Urlaub, wenn du dir das Genick brichst."

„Vielen Dank." Wieder sicher auf den Beinen begann sie, zwei Stufen auf einmal nach unten zu nehmen. „Bis später."

Kent nickte, folgte ihr dann jedoch nach unten. Im vierten Stock hatte eine Familie mit neun Millionen Mitgliedern offensichtlich die gleiche Idee wie sie gehabt. Eine Großmutter und ein Großvater, die es nicht eilig hatten, nach unten zu kommen, und ein junges Ehepaar mit mehreren Kindern, die einen Buggy die Stufen hinunterschleppten, ließen sie abrupt zum Stehen kommen. Mina warf einen weiteren kurzen Blick auf die Uhr und war nur bedingt hoffnungsvoll, dass der Tourbus genauso hinter dem Zeitplan zurückblieb wie sie.

„Entschuldigen Sie uns." Kent trat neben Mina und schob sie näher an die Wand, um sie zuerst an dem jugendlichen Mitglied der Familie und dann an den Eltern und ihrem Kinderwagen vorbei zu dirigieren. Die Großeltern hatten sich bereits hintereinander positioniert, um es anderen Passagieren, die schneller waren als sie, zu ermöglichen, sich leichter nach oben oder unten zu bewegen.

Mina umschiffte, ihre Schuhe noch immer in den Händen, erfolgreich die sich langsamer bewegende Familie, und eilte die letzten beiden Stockwerke hinunter, nur um wieder gestoppt zu werden, diesmal von einer Schlange, die doppelt so lang war wie vorhin. „Ich werde es niemals rechtzeitig schaffen."

„Was ist denn eigentlich genau passiert?"

Mina warf erneut einen Blick auf die Uhr. Ihre fünfzehn Minuten waren um. „Jo hat sich den Absatz ihres Heels abgebrochen, also habe ich ihr meine Schuhe gegeben und gehofft, zurück zu sein, bevor die Tour losgeht."

„Verstehe." Er nickte, während sie sich stetig vorwärts bewegten. „Wann fährt der Bus?"

Mina schlüpfte in einen Schuh und dann in den anderen und sah wieder auf ihre Uhr. „Vor drei Minuten, wenn sie pünktlich losgekommen sind."

„Unwahrscheinlich." Er lächelte. „Bei den vielen Leuten, die mitwollen."

„Dein Wort in Gottes Ohren." Sie erreichte die Schranke, schob ihre Karte hinein, wartete auf den Piepton, und noch bevor das Crewmitglied Zeit hatte zu nicken, war sie bereits durch die Tür und hastete die Gangway hinunter.

Am Ende des Hafengeländes standen noch ein paar Busse. Hoffentlich saßen in einem von ihnen ihre Schwestern. Als sie sie schließlich erreichte, warf sie einen schnellen Blick auf die Schilder, welche die

Fahrer hochhielten. Der erste Bus war es nicht, also eilte sie weiter zum Nächsten und dann zum Übernächsten, bevor sie zu dem Schluss kam, dass der Bus, den sie brauchte, definitiv nicht mehr hier war. Anscheinend war ihr Fahrer sehr pünktlich losgefahren.

Kent trat neben sie. „Sind sie weg?"

„Sieht so aus."

„Ich weiß, dass dein ursprünglicher Plan ein anderer war, aber ich habe zwei Bikes für heute Morgen reserviert, falls du dich mir anschließen möchtest."

„Bikes? Bike wie Motorrad oder wie Fahrrad?" Warum fragte sie überhaupt nach? Wenn sie üben wollte, spontaner zu sein, machte es kaum einen Unterschied.

Er lachte. „Ich fürchte, es ist das altmodische, von Menschen angetriebene Fahrrad."

Es war keine Jahre her, seit sie auf einem Fahrrad gesessen hatte, sondern eher Jahrzehnte. Vielleicht war dies doch nicht der richtige Zeitpunkt, um abenteuerlustig zu sein. „Ich fürchte, ich würde dich nur aufhalten. Vor allem, wenn dein Plan vorsieht, auch bergauf zu fahren."

Lächelnd schüttelte er den Kopf. „Das ist der ganze Spaß daran, einen Ort auf eigene Faust zu erkunden. Keine Zeitpläne. Keine festgelegte Route. Wir fahren und halten, wo es uns gefällt – solange wir bis vier zurück sind."

Sie ließ ihren Blick zu den Hafengebäuden und dem Teil des Ortes wandern, der hinter dem großen Tor zu sehen war. Im Rücken der kleinen Stadt erhoben sich grüne Hügel. An einem so schönen Tag wie heute klang eine gemütliche Radtour durch die Gegend tatsächlich nach Spaß. Ein wahres Abenteuer.

„Wenn du müde wirst oder keine Lust mehr hast, können wir jederzeit umkehren", machte er ihr den

Ausflug weiter schmackhaft.

Nun, sie hatte sich bereits Gedanken darüber gemacht, dass sie all das gute Essen, das sie praktisch rund um die Uhr zu sich nahmen, und die Pfunde, die damit einhergingen, sowieso ins Fitnessstudio treiben würden, sobald sie wieder zu Hause war. Es gab keinen Grund, warum sie nicht schon eher mit ein wenig Bewegung beginnen sollte, die unter dem Deckmantel von Spaß und Abenteuer daherkam. Es war an der Zeit zu praktizieren, was sie sich selbst gepredigt hatte.

„Okay, gerne. Vielen Dank für die Einladung." Jetzt musste sie nur noch hoffen, dass ihr nicht nach zehn Minuten die Puste ausging.

Dem Ausdruck auf ihrem Gesicht nach zu urteilen, war sich Kent nicht sicher, wer von ihnen beiden überraschter war, dass sie zugestimmt hatte, ihn auf seinem Ausflug zu begleiten. „Der Fahrradverleih befindet sich angeblich direkt vor dem Hafengebäude."

„Klingt gut. Ich schreibe meinen Schwestern schnell eine Nachricht. An Land sollten sie Internetempfang haben."

„Ich habe fast ein bisschen Angst, mein Handy einzuschalten und zu sehen, was gerade in der realen Welt los ist. Als ich nach der ersten Nacht auf dem Schiff aufgewacht bin, war ich versucht, es anzumachen, um meine Nachrichten und verpassten Anrufe zu checken, hab dann aber ganz schnell beschlossen, dass das alles genauso gut bis nach meinem Urlaub warten kann."

„Du wolltest dir von nichts den Tag verderben lassen." Es war nicht wirklich eine Frage. Minas sanftes Lächeln sagte ihm, dass sie verstand, wie er sich fühlte. Sie schickte ihre SMS ab und steckte das Handy in ihre Umhängetasche. „Bereit, wenn du es bist."

Kent hatte die wahre Bedeutung dessen vergessen, was es hieß, sich Zeit zu lassen. Auch wenn sich die Touristen von all den Schiffen im Hafen streng an ihre Abfahrtszeiten zu halten schienen – der Mann im Fahrradverleih hatte keine Eile.

„Haben wir einen Plan?" Mit der Karte in der Hand saß Mina rittlings auf dem hellvioletten Fahrrad.

„Auf der anderen Seite der Insel gibt es eine Kirche, die ich mir gerne ansehen würde. Ich bin mir nicht ganz sicher, wie gut die alte Straße ist, die dort hinführt. Die Fahrt könnte eventuell etwas holprig werden, aber die Aussicht soll eine der besten sein, die man von der Insel aus hat."

„Was bedeutet, dass die Kirche nicht nur auf der anderen Seite liegt, sondern außerdem irgendwo dort oben." Mina deutete mit dem Daumen über ihre Schulter auf die grünen Hügel hinter ihnen.

„So ist es." Kent schob mit dem Absatz den Ständer nach oben. „Wenn es dir lieber ist, können wir auch einfach die neue Uferstraße nehmen."

Ein Grinsen hob ihre Mundwinkel. „Das ist nett von dir, aber nicht nötig. Es ist eine Weile her, dass ich Rad gefahren bin; aber wenn du versprichst, nicht zu lachen, falls ich absteigen und das Fahrrad den Berg hinauf schieben muss, ist alles in Ordnung."

„Zu deinem Glück ist es kein besonders hoher Berg."

„Höhe liegt wie Schönheit im Auge des Betrachters. Für mich könnten das um diese Uhrzeit genauso gut die Rockies sein."

„Um meinetwillen hoffe ich sehr, dass dem nicht so ist." Er hielt sich für ziemlich gut in Form, aber mit dem Fahrrad die Rockies hinaufzustrampeln, würde ihn mit Sicherheit dazu bringen zu kapitulieren.

„Du fährst vor." Sie wedelte mit der Hand, bevor sie ebenfalls ihren Ständer hochklappte und das Rad neben seines schob.

Er stellte einen Fuß auf die Pedale und schob mit dem anderen an, bis er in Richtung der Hügel sah. „Ich denke, je früher wir aus dem Ort rauskommen, desto besser, also würde ich die Innenstadt-Besichtigung auf später verschieben. Einverstanden?"

Mina nickte. „Absolut. Ich habe kein Interesse daran, an Transportwagen und ahnungslosen Touristen vorbeizumanövrieren."

„Es gibt einen kleinen Imbiss an einem der Aussichtspunkte. Er liegt direkt am Wasser und etwa eine halbe Stunde außerhalb der Stadt. Was hältst du davon?"

„Ich halte von allem, was mit Essen zu tun hat, ziemlich viel. Wir haben schließlich das Frühstück ausgelassen."

„Ich auch."

Die nächste halbe Stunde lang sagte keiner von ihnen ein weiteres Wort. Nur das breite Grinsen auf Minas Gesicht zeigte Kent, dass sie nicht jede Minute ihrer kleinen Radtour hasste. Zumindest hoffte er, dass ihr Lächeln das bedeutete.

Die Sonne schimmerte auf dem ruhigen Meer. Während sie weiterfuhren, glitten sanfte Wellen über Felsen und Sand. Nur gelegentlich brach sich eine größere Welle an den felsigeren Küstenabschnitten und erfrischte sie mit der aufspritzenden Gischt. Kent hätte sich keinen schöneren Tag für eine Radtour wünschen können.

„Ist es nicht ein herrlicher Tag?"

„Absolut."

Das Dröhnen eines herannahenden Motors durchbrach die friedliche Stille. Kent drehte sich nach rechts und winkte Mina zu sich. Sie hatten sich die Straße schon ein paarmal mit vorbeifahrenden Autos teilen müssen, aber diesmal klang es, als würde der Fahrer die Insel mit einer Rennstrecke verwechseln und denken, er nehme am Großen Preis von Monte Carlo teil. Tatsächlich waren sie kaum auf den Schotterstreifen neben der Straße ausgewichen, als der Wagen bereits um die Kurve gerast kam und, gefolgt von einem anderen Auto, das fast an seiner Stoßstange klebte, an ihnen vorbeifuhr.

„Idioten." Mina schüttelte den Kopf. „Was zum Teufel kann so wichtig sein, dass man mit Lichtgeschwindigkeit unterwegs sein muss."

„Du hast es selbst gesagt: Idioten."

Sie nickte und blickte die Straße entlang, auf der die beiden Autos in der Ferne verschwanden; dann deutete sie auf eine strohgedeckte Hütte, die nicht mehr besonders weit entfernt schien. „Bitte sag mir, dass das unser Ziel ist."

„Es gibt nur einen Weg herauszufinden, ob das die Conch Shanty ist."

Sie kicherte. „Interessanter Name – Trompetenmuschel-Hütte? Egal, ich bin hungrig genug, dass ich auch einen Wal essen könnte." Ihr Blick begegnete seinem, und ein freches Grinsen breitete sich auf ihrem Gesicht aus. „Wer zuerst da ist!"

Kent hatte kaum Zeit, die Worte zu verarbeiten, als sie bereits in die Pedale trat und davonraste wie ein Jockey auf einem Vollblut. Er beugte sich vor und gab alles, was er hatte. Der Schotter spritzte hinter ihnen auf, als sie praktisch die Straße entlangflogen. Wind peitschte ihm ins Gesicht, während er Meter für Meter zu ihr aufschloss – doch er schaffte es nicht, sie einzuholen. Die ernste ältere Schwester hatte also doch einen Hang zum Draufgängertum. Wer hätte das gedacht.

KAPITEL 7

Bald kam das Schild für das Conch Shanty einige Meter vor dem urigen kleinen Restaurant in Sicht. Mina bog von der Straße ab, folgte der schmalen Zufahrt und hielt schlitternd vor der kleinen verwitterten Hütte.

„Wow." Sie streckte die Arme in die Luft und hob ihr Gesicht in die warme Sonne, dann stieß sie einen entspannten Seufzer aus. „Das habe ich seit meiner Kindheit nicht mehr gemacht."

Kent klappte den Ständer seines Rads aus und stieg ab. „Das ist schon das zweite Mal, dass du mich überrascht hast."

„Wie das?"

„Das erste Mal war, als du gesagt hast, dass du seit deiner Kindheit nicht mehr Karten gespielt hast, und dann alle anderen an die Wand gespielt hast. Und jetzt die Sache mit dem Fahrrad."

„Also bist du überrascht, dass ich fahren kann?" Sie konnte nicht aufhören zu grinsen und stellte ihr Rad ab. „Oder dass ich dich geschlagen habe?"

„Du hast mich nur geschlagen, weil du ohne Vorwarnung einfach losgefahren bist."

„Ha! Das hättest du wohl gerne." Wenn ihr jemand zu dem Zeitpunkt, als sie zugestimmt hatte, diese Kreuzfahrt zu machen, gesagt hätte, dass sie dabei mit einem Mann, den sie kaum kannte, einen Hügel hinunterrasen und jede Sekunde davon lieben würde, hätte sie ernsthaft den Verstand dieses jemands angezweifelt. Leute wie sie befanden sich einfach nicht auf der wilden Seite des Lebens. Natürlich machten Leute wie sie auch selten richtig Urlaub, was wusste sie also schon.

Sie wandte sich wieder den abgestellten Fahrrädern zu. „Denkst du, es ist in Ordnung, sie hier unbeaufsichtigt stehen zu lassen?"

Kent schaute sich mit gerunzelter Stirn um. „Der Typ vom Verleih meinte, dass es an den meisten Touristenattraktionen Leute gibt, die auf die Fahrräder aufpassen, aber ich sehe niemanden. Du?"

Die Hand an die Stirn gelegt, blickte sie von links nach rechts. Sie öffnete gerade den Mund, um zu antworten, als ein junges Mädchen von etwa zehn oder zwölf Jahren hinter dem Gebäude hervorkam und ein breites Lächeln zeigte.

„Ich passe auf eure Fahrräder auf."

Kent nickte und erwiderte ihr Lächeln, bevor er sich wieder Mina zuwandte. „Nun, der Typ hat nicht gesagt, wie alt die Aufpasser sein würden."

Mina stimmte in sein Lachen ein. „Jeder fängt mal klein an."

Mit zwei langen Schritten hatte Kent den Eingang erreicht und hielt Mina die Tür auf. Kaum dass sie die Schwelle überschritten hatten, stieg ihr eine Vielzahl von Aromen in die Nase. Was ihr nur noch bewusster machte, wie hungrig sie war.

„Hier duftet es wahnsinnig gut."

Mina reckte die Nase und schnupperte. „Ich würde jede Menge Geld wetten, dass ich gebratene Zwiebelringe rieche."

„Wirklich?" Er hob ebenfalls den Kopf und atmete tief ein. „Was auch immer gekocht wird, riecht köstlich, aber ich könnte nicht ansatzweise sagen, ob es gebratene Zwiebelringe oder gebackener Heilbutt ist."

„Und ich glaube, ich rieche außerdem frisches Brot. Obwohl es süßer sein könnte, wie Donuts." Sie zuckte mit den Schultern. „Was soll ich sagen? Diese italienische Nase ist eben doch für etwas gut."

„Wenn du recht behalten solltest, ist deine Nase sogar ganz und gar erstaunlich." Im selben Moment riss er erschrocken die Augen auf, offensichtlich plötzlich besorgt, dass ihr seine Bemerkung unangenehm sein könnte.

Sein plötzlicher Anflug von Sensibilität war süß, aber sie warf angesichts seines Kommentars nur laut lachend den Kopf in den Nacken. „Danke für das Kompliment. Es gibt viele Dinge, die meine schon Nase genannt wurde, erstaunlich allerdings noch nie."

„Willkommen im Conch Shanty." Eine Frau mit langem dunklem Haar, das zu einem Pferdeschwanz zurückgebunden war, drückte mit einer Hand ein paar Speisekarten an ihre Brust und bedeutete ihnen mit der anderen, ihr zu folgen.

Das Innere des Imbiss' war viel größer, als von außen zu erwartet gewesen war. Pastellfarbene Stühle standen um kleine quadratische Holztische drinnen und draußen auf einer großen Holzterrasse. Während Mina die herrliche Aussicht bewunderte, dauerte es einen Moment, bis ihr klar wurde, dass die Hütte keine Rückwand hatte.

„Drinnen oder draußen?", erkundigte sich die Frau.

Kent warf Mina einen fragenden Blick zu, und als sie mit dem Kinn Richtung Wasser deutete, sagte er zu der Frau: „Draußen bitte. Es ist ein zu schöner Tag, um ihn drinnen zu verbringen; auch wenn der Ausblick von hier genauso überwältigend ist."

Sie ließen sich in der hintersten Ecke des Open-Air-Sitzbereichs an einem Tisch, von dem aus sie aus der Vogelperspektive den Strand überblicken konnten, nieder. Das Meer schwappte beinahe bis an die Stelzen der Terrasse heran.

Mina riss ihren Blick von der Aussicht los und wandte ihn Kent zu, der seine Speisekarte in der Hand hielt, aber nicht darin las, sondern stattdessen mit hochgezogenen Augenbrauen Mina ansah.

„Es geht mich natürlich nichts an, aber deine Stirn ist ein bisschen rosig. Hast du Sonnencreme benutzt?"

Sonnencreme. Ihr Mund klappte auf, und sie blinzelte langsam. Sie hatte gewusst, dass sie heute Morgen irgendetwas vergessen hatte. Man sollte meinen, dass sie sich daran erinnert hätte, nachdem die Sonne bereits gestern auf sie herabgebrannt hatte. „Ich habe vergessen, mich einzucremen. Ich wollte eigentlich auch einen breitkrempigen Hut mit auf den Ausflug nehmen, aber in der Eile, die Schuhe zu holen, habe ich ihn in der Suite liegen gelassen." Schnell griff sie nach der kleinen Umhängetasche, die sie mitgenommen und an den Stuhl gehängt hatte. „Ich glaube, ich habe welche hier drin."

Sie war sich fast sicher, dass sie die LSF-40-Tube hineingeworfen hatte, aber für eine so schmale Tasche war sie täuschend tief, und es kostete mehr Mühe, die Lotion zu finden, als sie erwartet hatte. Endlich schlossen sich ihre Finger darum, und sie zog sie heraus, um sie triumphierend hochzuhalten.

„Na also, da ist sie ja."

„Das dauert nur eine Sekunde." Sie gab etwas von der Sonnencreme in ihre Handfläche und begann damit, sie auf ihrem Gesicht zu verteilen in der Hoffnung, dass es noch nicht zu spät war.

„Vergiss deine Arme nicht. Wir haben einen langen Tag vor uns."

Sie nickte. „Hätte ich gewusst, dass ich den größten Teil des Tages draußen in der Sonne und nicht in einem Bus verbringen würde, hätte ich kein ärmelloses Oberteil angezogen." Sie verteilte mehr Lotion auf ihren Schultern, Armen und ihrem Nacken, bevor sie ihren Stuhl vom Tisch wegschob und sich vorbeugte, um auch ihre Füße einzucremen. Als Kind hatte sie es einmal versäumt, ihre Zehen mit Sonnencreme einzuschmieren, und anschließend eine Woche lang barfuß laufen müssen. Da sie gerade schon dabei war, rieb sie auch gleich die Rückseite ihrer Waden und ihrer Oberschenkel ein, zumindest so weit, dass sie sich dabei nicht in aller Öffentlichkeit völlig entblößen musste. Zufrieden, nun ausreichend vor der Sonne geschützt zu sein, wedelte sie mit der Tube. „Brauchst du auch was davon?"

„Nein, danke. Ich hab mich heute Morgen auf dem Schiff eingecremt."

„Sehr schlau von dir."

Er hob den Blick von der Speisekarte. „Ich bin ein Morgenmensch."

„Ich auch, aber heute scheint mir das nicht wirklich weitergeholfen zu haben."

Ihre Kellnerin erschien. „Sind Sie bereit, Ihre Bestellungen aufzugeben?"

„Was duftet denn da so lecker?", erkundigte sich Mina.

Die Frau verdrehte gespielt die Augen. „Eine Menge, aber was im Moment besonders gut riecht, sind die Malasadas."

„Die was?"

„Der Besitzer kommt aus Hawaii. Das ist eine Art portugiesischer Donut. Sehr lecker. Außerdem kann ich die frittierten Zwiebelringe und die Garnelen in Kokos empfehlen."

„Wusste ich doch, dass ich Zwiebelringe rieche."

Kurz darauf hatten sie ihre Bestellungen aufgegeben, vor ihnen standen zwei ausgehöhlte Ananas mit frischem Mangosaft, in dem bunte Sonnenschirm steckten, und der kleine Vorspeisen-Gruß aus der

Küche ließ sie vor Verzücken beinahe laut aufstöhnen.

Kent biss in eine knusprig panierte Garnele. „Die Aussicht ist großartig, und das Essen ist bisher köstlich, aber die Gesellschaft macht das alles noch viel schöner."

„Danke für die Einladung. Ich liebe meine Schwestern, auf die Fahrt in einem überfüllten Bus habe ich mich allerdings nicht wirklich gefreut."

„Vielleicht ist es gar nicht so schlimm."

„Nein, bestimmt nicht. Schmale Sitze, die für Kinder ausgelegt sind. Ein vorbestelltes Mittagessen an einer Raststätte, das wahrscheinlich böse Folgen haben wird. Ein weiterer Halt bei einem Discount-Souvenir-Shop, wo vermutlich alles doppelt so viel kostet wie in jedem anderen Laden, der kein Discounter ist. Dann folgen sechzig Menschen einem Mann oder einer Frau, die den Trupp mit einem Regenschirm durch die Gegend lotst, während wir hinterherrennen und kein Wort verstehen, das er oder sie über die Migrationsgewohnheiten eines fast ausgestorbenen Vogels erzählt."

„Du zeichnest da ein sehr lebendiges und unangenehmes Bild."

Sie kicherte. „Sagen wir einfach, ich wäre bereit zu wetten, dass unser Mittagessen viel besser ist als alles, was meine Schwestern heute vorgesetzt bekommen."

Kent hob seine Ananas und sah sie mit schief gelegtem Kopf an. „Auf ein leckeres Mittagessen."

„Auf ein leckeres Mittagessen und einen entspannten Nachmittag." Sie stieß mit ihrer Ananas gegen seine und entschied, dass der heutige Tag doch noch eine gute Wendung genommen hatte. Besser als gut sogar.

Wenn Kent geglaubt hatte, dass er es wegen Mina auf der Radtour zumindest etwas langsamer angehen lassen musste, Junge, dann hatte er sich ordentlich geirrt. Es hatte Situationen auf der schmalen Inselstraße gegeben, in denen selbst Jim mit gelegentlich entgegenkommenden Autos vorsichtig gewesen wäre, doch Mina war mit voller Geschwindigkeit vor ihm hergerollt, die Arme in die Luft gereckt, und hatte lustige Sachen wie „Schau mal Mama, ich kann freihändig fahren" gebrüllt. Er war sich ziemlich sicher, dass wenn ihre Mutter tatsächlich in Sichtweite gewesen wäre, auf der Stelle einen Herzinfarkt erlitten hätte.

Zu Kents Überraschung hatte sich die Küstenstraße nicht als die flache Route entpuppt, die er erwartet hatte, sondern wand sich in Kurven den üppig grünen Hügel hinauf und dann nahe der Küste wieder hinunter. Von Zeit zu Zeit gab es oben am Hang eine Abzweigung zu einem Aussichtspunkt. Sie hatten bei fast jedem angehalten. Einige Leute mochten den stets ähnlichen Meerblick schnell satthaben, doch Mina nicht. An jedem Halt setzten sie sich auf ein Geländer, einen Baumstumpf, einen großen Felsen oder gelegentlich eine Bank, die vermutlich das lokale Fremdenverkehrsamt aufgestellt hatte. Bei jeder anderen Begleitung hätte Kent vielleicht gedacht, dass sie sich nur für den nächsten Teil der Etappe ausruhen wollte. Immerhin wusste er selbst die gelegentliche Atempause sehr zu schätzen; aber er konnte einen Ausdruck der Wertschätzung in Minas Augen erkennen, der nur wenig mit brennenden Muskeln oder einem schmerzenden Hintern zu tun hatte.

„Bist du oft am Meer?" Er hatte den friedlichen Moment nicht unterbrechen wollen, aber seine Neugier war mit jedem Blick in ihre Richtung größer geworden.

Ihren Blick auf einen unbekannten Punkt in der Ferne gerichtet, schüttelte sie den Kopf. „Als wir

Kinder waren, sind unsere Eltern einmal mit uns nach Disney World gefahren. Auf dem Heimweg hat meine Mutter darauf bestanden, dass Dad den einstündigen Umweg für ein Picknick am Strand nimmt. Da sie selbst im Innland im Mittleren Westen aufgewachsen ist, war sie nicht ganz darauf vorbereitet, wie schnell Sand wirklich überall hin gelangt – von den Sandwiches über die Decke bis hin zu unseren Getränkebechern. Dad hat immer wieder gelacht und Dinge gesagt wie: *Deshalb habe ich vorgeschlagen, besser aus Flaschen zu trinken, auf die kann man den Deckel draufschrauben.* Oder: *Deshalb habe ich vorgeschlagen, dass wir die Sonnencreme auftragen, bevor wir an den Strand gehen.*"

„Wie hat deine Mom reagiert?"

„Jedes Mal, wenn er etwas in die Richtung sagte, beugte er sich hinterher zu ihr rüber, küsste sie auf die Wange und fügte *Ich liebe dich* hinzu. Dann hat sie ebenfalls gelacht und geantwortet *Ja, Liebling*. Aber obwohl sie ein wenig frustriert war, hat sie dafür gesorgt, dass trotzdem alle eine gute Zeit haben. Ich hab es geliebt, Sandburgen zu bauen, obwohl ich es ganz schrecklich fand, wenn das Wasser näher kam und den halben Bau wegspülte. Wir haben Muscheln gesammelt, meinen Vater im Sand vergraben, sind über die Wellen gesprungen und hatten einen rundum unvergesslichen Tag."

„Ist es das, woran du denkst, wenn du aufs Meer blickst?"

Sie drehte den Kopf, um ihn über ihre Schulter hinweg anzusehen. „Ein kleines bisschen schon, ja. Mom hat immer gesagt, sie will noch mal Urlaub am Strand machen, aber wir sind nie dazu gekommen. Ich sollte mich vielleicht mehr anstrengen, die Dinge nicht immer wieder aufzuschieben."

„Dinge?"

„Unterhaltsame Dinge wie Abendessen mit Freunden und Shopping mit meinen Schwestern, aber vor allem richtig Urlaub machen. Orte besuchen, an denen ich noch nie war, etwas Neues sehen. Es ist zu einfach, seine Vorhaben immer auf ein anderes Mal zu verschieben. Auf das nächste Jahr, wenn man mehr Geld hat, wenn dieses oder jenes Projekt abgeschlossen ist und so weiter und so fort."

Er verstand genau, was sie meinte. Hatte er nicht das Gleiche getan? Konzentriert auf seine Karriere, seine Verantwortung und alles andere, was damit zu tun hatte, erwachsen zu werden, hatte er mehr Einladungen abgelehnt, als nötig gewesen wäre. „Ich habe gehört, dass die Kreuzfahrtgesellschaft einen Rabatt gewährt, wenn man noch an Bord eine weitere Reise bucht."

„Wirklich?" Der ernste Ausdruck auf ihrem Gesicht wich einem zufriedenen Lächeln.

„Ja. Ich bin gestern auf dem Weg zurück in unsere Suite am Reisebüro der Kreuzfahrtlinie vorbeigekommen."

„Vielleicht muss ich da auch mal vorbeigehen und mir die Angebote ansehen." Ihr Lächeln verschwand. „Obwohl ich keine Ahnung habe, wohin oder wann ich verreisen könnte."

„So weit ich weiß, ist das das Schöne an der ganzen Sache. Man muss sich auf keine bestimmte Kreuzfahrt festlegen, sondern hinterlegt einfach eine Anzahlung von hundert Dollar; so sichert man sich den Frühbucherrabatt."

Minas Augen weiteten sich und funkelten vor Freude. „Das gefällt mir. Keine schwierigen Entscheidungen vor Ort, sondern nur eine finanzielle Motivation zum Durchhalten." Sie nickte begeistert; dann schlug sie sich immer noch lächelnd mit den Händen auf die Schenkel und stand auf. „Was meinst du, sollen wir weiter? Bis zur Kirche, die du dir ansehen wolltest, dürfte es nicht mehr allzu weit sein."

Er faltete die große Karte, anhand derer sie sich orientiert hatten, zusammen und steckte sie in seine Gesäßtasche. „Der Karte nach zu urteilen, bin ich mir ziemlich sicher, dass es gleich hinter der nächsten Kurve ist. Wir sollten auf einen unbefestigten Weg stoßen, dem wir geradeaus bis zur Kirche folgen müssen."

In Anbetracht der Tatsache, dass die Kirche abseits der ausgetretenen Pfade lag, war der Karte sehr leicht zu folgen gewesen, und der Weg zur Kirche lag tatsächlich hinter der nächsten Ecke. Zu Kents Überraschung gab es an der Abzweigung ein kleines Schild, das Touristen über die Existenz der Kirche informierte. Eine weitere Überraschung war die Entdeckung, dass es sich bei dem unbefestigten Pfad, den er aufgrund seiner Reiseführer-Lektüre erwartet hatte, in Wirklichkeit um eine einspurige asphaltierte Straße handelte. Und eine noch angenehmere Überraschung war, dass sie nicht steil den Hügel hinaufführte, wie er angenommen hatte, sondern sich langsam ansteigend um den Hang schlängelte, sodass sie ganz gemächlich an Höhe gewannen.

Anders als die Uferstraße mit Meerblick führte sie diese tief zwischen die Hügel der Insel. Umgeben von einem Baldachin aus hohen Bäumen und Mauern aus tropischem Grün, war es leicht zu vergessen, dass sie sich auf einer Insel befanden.

„Alles gut bei dir?", rief er Mina zu.

Sie antwortete nicht, nickte nur.

Die Straße war auf den letzten Metern steiler geworden. Langsam bekam Kent das Gefühl, dass es eine angenehme Pause werden würde, wenn sie erst die Kirche erreicht hatten und sich ausruhen konnten. Das Grün um sie herum lichtete sich immer mehr, bis am oberen Ende der Straße eine Lichtung mit einem einzelnen Gebäude in der Mitte in Sicht kam.

„Oh, das ist herrlich." Mina hielt an. Ohne den Lenker loszulassen, nahm sie einfach nur den Anblick des alten Gebäudes in sich auf.

Kent klappte den Ständer aus und stieg vom Fahrrad. „Die ursprüngliche Kirche wurde 1685 erbaut."

„Wow. Ich schätze, das ist nicht das Original-Bauwerk; es sieht zu intakt aus, um über dreihundert Jahre alt zu sein."

„Das stimmt. 1765 ist die Kirche bis auf die Grundmauern niedergebrannt; 1780 wurde sie wieder aufgebaut."

Mina überquerte den holprigen Vorhof und blieb wieder stehen. „Oh, Wahnsinn, was für eine unglaubliche Aussicht. Kannst du dir vorstellen, wie es wäre, beim Sonntagsgottesdienste so einen Ausblick zu haben?"

„Man fühlt sich Gott gleich ein bisschen näher, nicht wahr?"

„Schwer zu vermeiden." Sie drehte sich zu ihm um. „Glaubst du, die Kirche war katholisch?"

Kent nickte. „Die meisten Missionare im 18. Jahrhundert waren Katholiken. Ich würde also sagen, das ist ziemlich sicher."

„Dann würde sie meiner Mutter bestimmt gefallen. Meinst du, sie ist abgeschlossen?"

„Es gibt nur einen Weg, das herauszufinden."

Gemeinsam folgten sie dem Pfad bis zur Tür.

Kent zog daran und war mehr als überrascht, sie unverschlossen vorzufinden. „Wer hätte das gedacht."

„Ich glaube, ich habe noch nie ein so altes Gebäude betreten." Mina trat ins Innere und ging langsam nach vorne, wobei sie mit einer Hand sanft über die dunklen Mahagonibänke strich. Es gab nur wenige Fenster, und lediglich das runde über dem Altar war mit Buntglas versehen. „Ich frage mich, ob das im Laufe der Jahre noch einmal restauriert wurde oder ob es ganze Jahrhunderte überstanden hat."

„Ich weiß es ehrlich gesagt nicht, aber ich würde mal behaupten, es gibt jemanden, der sich um die Instandhaltung kümmert."

„Ich wünschte, wir könnten bleiben und den Sonnenuntergang von hier aus beobachten. Ich wette, das ist ein mehr als überwältigendes Erlebnis."

„Apropos Sonnenuntergänge." So sehr er es hasste, es anzusprechen, er hatte keine Wahl. „Es wird langsam spät, wir sollten zum Schiff zurückkehren."

Sie nickte. „Ich fürchte, du hast recht."

„Nehmen wir den Weg, den wir gekommen sind, oder umrunden wir die Insel auf dem Rückweg von der anderen Seite?"

Mina zog die Brauen zusammen, bis sich eine tiefe Falte dazwischen bildete. „Welcher Weg ist kürzer?"

„Das wird sich nicht viel tun."

„Dann lass uns andersrum zurückfahren."

„Gerne."

Nach einem letzten Blick aufs Meer saßen sie ein paar Minuten später wieder auf ihren Fahrrädern und fuhren die Straße hinunter, die so schmal war, dass sie kaum Platz für sie beide nebeneinander bot.

„Fahr hier nicht zu schnell."

„Ich bin vielleicht gelegentlich wagemutig, aber nicht dumm."

„Gut zu wissen." Irgendetwas an dieser Straße machte Kent ein wenig nervös. Als sie unten ankamen, stieß er ein erleichtertes Seufzen aus. Der Rest der Fahrt würde reibungslos verlaufen.

Das hatte er zumindest gehofft.

„Wer zuerst beim nächsten Aussichtspunkt ist."

Und genau wie beim letzten Mal war Mina in der

nächsten Sekunde bereits losgeprescht, ohne ihm die Möglichkeit zu geben, ihrem Vorschlag auch nur zuzustimmen. Mit dieser Frau Schritt zu halten, war eine interessante Herausforderung.

Als Kent um die nächste Kurve bog, hörte er ein sehr ähnliches Motorengeräusch wie das früher am Tag, als die beiden Autofahrer an ihnen vorbeigerast waren, immer lauter werden und näher kommen. Jetzt ging das schon wieder los.

„Lass uns an die Seite fahren, Mina!" Kent war sich nicht sicher, ob sie ihn hören konnte, doch dann nickte sie, verlangsamte ihr Tempo und fuhr ganz rechts an den Straßenrand.

Es waren dieselben zwei Autos, welche die Straße heruntergerauscht kamen. Es war nicht schwer zu erkennen, mit welch halsbrecherischer Geschwindigkeit sie auf sie zukamen. Dass die beiden eine öffentliche Straße als ihre private Formel-1-Rennstrecke nutzten, machte Kent alles andere als glücklich. Er konnte den ersten Wagen auf der Straße ausscheren sehen, während der Fahrer des anderen Autos fest entschlossen schien, seinen Konkurrenten zu überholen. Er schloss ein Stück auf, fiel aber sofort wieder zurück.

Kent murmelte einige Flüche, für die ihm seine Mutter vermutlich den Mund mit Seife ausgewaschen hätte. Mitten im Nirgendwo auf einer einsamen Straße hatten sie keine Möglichkeit, den zwei Idioten auszuweichen. Mina befand sich ein ganzes Stück weit vor ihm, aber sie schien sich der beiden herannahenden Autos genauso bewusst zu sein wie er. Während sie sich in rasendem Tempo näherten, stellten sich Kent die Nackenhaare auf. Das hintere Auto machte erneut Anstalten, das vordere zu überholen, doch anstatt seine Führung aufzugeben, scherte der erste Wagen leicht aus und steuerte damit genau in Minas Richtung. Auf der schmalen Straße gab es keine Möglichkeit für sie auszuweichen. Das Auto fuhr kurz in eine andere Richtung, bevor es wieder herumschwenkte und Mina mitsamt ihres Fahrrads von der Straße und über die felsige Befestigung außer Sichtweite verschwand.

KAPITEL 8

Entsetzen erfasste Kents Brust und nahm ihm die Luft zum Atmen. Er kam schlitternd zum Stehen, ließ das Fahrrad zu Boden fallen und rannte zu der Stelle, wo er Mina aus den Augen verloren hatte. Sein Herz raste noch immer, als er sie hörte, bevor er sie sah. Nie hätte er gedacht, dass ein schmerzverzerrtes Stöhnen ein gutes Zeichen sein könnte. Die zerklüfteten Steinbrocken zwischen Straße und Strand boten keine sanfte Möglichkeit zur Landung. Kent wollte gar nicht darüber nachdenken, welche Verletzungen die scharfkantigen Felsen verursachen konnten.

Auf das Schlimmste gefasst, beruhigten sich seine Nerven augenblicklich, als er Mina aufrecht auf einem großen Felsen sitzen und den Kopf schütteln sah. Das Erste, was ihm in den Sinn kam, war, dem Himmel sei Dank, dass es ihr gut ging. Der nächste Gedanke, dass sie sich Gott sei Dank an keiner Stelle der Straße befunden hatte, an der die Straßenbefestigung steiler zum Meer hin abfiel, denn solch ein Sturz hätte für sie tödlich enden können.

„Geht es dir gut?"

„Definiere gut." Sie reckte das Gesicht der Sonne entgegen und stieß einen langen Seufzer aus. „Ich bin mir nicht sicher, ob ich aufstehen möchte."

„Warum?" Er kletterte über die größeren Felsen an ihrem kaputten Fahrrad vorbei und sprach ein weiteres stummes Dankesgebet, dass sie bei Weitem nicht so mitgenommen aussah wie ihr Rad, dann hockte er sich neben sie.

„Ich habe ein paar ordentliche Schrammen und Kratzer abbekommen, aber wenn ich aufstehe, entdecke ich vielleicht noch mehr."

Nah genug, um einen guten Blick auf die Schrammen und Kratzer zu werfen, auf die sie sich bezog, suchte er schnell nach Anzeichen einer Entzündung. „Tut dir irgendetwas besonders weh?"

„Du meinst außer meinem Stolz?"

„Dein Stolz?"

„Ich habe nicht gesehen, wie das Auto *dich* von der Straße gedrängt hat."

„Das liegt nur daran, dass er mir nicht so nahe gekommen ist wie dir. Er hätte dich beinahe über den Haufen gefahren."

„Darauf konnte ich gut verzichten." Sie verlagerte ihr Gewicht, verzog das Gesicht und seufzte noch einmal. „Und natürlich haben sie nicht angehalten."

„Sie sind nicht mal langsamer geworden." Er griff vorsichtig nach ihrem Fuß. „Ich würde mir gerne deinen Knöchel ansehen."

„Meinen was?" Sie rieb sich den Nacken.

„Bevor du aufstehst, möchte ich nur sichergehen, dass wir die Sache damit nicht noch schlimmer machen."

„Hast du uns verschwiegen, dass du Arzt bist?"

Er lachte. „Nicht einmal annähernd. Aber ich war bei den Pfadfindern. Grundkenntnisse in Erste Hilfe sind vorhanden, mehr nicht."

Sie blinzelte in die Sonne und presste ihre Lippen fest zusammen, bevor sie zustimmte. „Okay."

Mit einem kurzen Nicken hob er vorsichtig ihren Fuß an und beobachtete dabei aufmerksam ihre Reaktion. „Tut das weh?"

Die Lippen immer noch fest zusammengepresst, schüttelte sie den Kopf.

Er wagte es, den Fuß ein wenig hin und her zu drehen, und blickte zu ihr hoch. Diesmal wusste sie bereits, welche Frage ihm ins Gesicht geschrieben stand, und sie schüttelte den Kopf. Er wiederholte das Prozedere mit dem anderen Fuß und erntete die gleiche Reaktion. „Ich würde sagen, es hätte sehr viel schlimmer kommen können. Bereit, aufzustehen?"

„Nein, aber ich tue es trotzdem." Einen tiefen Atemzug später war sie auf den Beinen und trat von einem Fuß auf den anderen, um ihr Gleichgewicht zu testen. „Sieht so aus, als wäre alles in Ordnung."

„Schade, dass wir nicht das Gleiche von deinem Fahrrad behaupten können." Das Vorderrad war komplett verbogen, das Hinterrad platt, die Kette hatte sich gelöst, eines der Pedale war verschwunden, und Kent war sich ziemlich sicher, dass es einiges an Kraft kosten würde, den Lenker gerade zu biegen. In Anbetracht des Zustands des Fahrrads war er wirklich erstaunt, das alles, was sie davongetragen hatte, ein paar Kratzer und kleinere Schnittwunden waren.

„Und unserer Fahrt zurück in die Stadt." Mina rollte die Schultern zurück. „Ich habe das Gefühl, dass ich den ganzen morgigen Tag auf See im Whirlpool verbringen möchte."

„Verrenkt?"

Sie schüttelte den Kopf. „Nur ein bisschen steif."

Wahrscheinlich war sie mehr als nur ein wenig steif, verschwieg es ihm aber. Noch. Er zog sein Handy aus der Tasche, schaltete es ein und wartete darauf, dass es zum Leben erwachte. Die vertraute Melodie ertönte, doch es erschienen keine Balken oben rechts in der Ecke.

Kent wandte sich in alle Richtungen, blickte hinter sich und dann hinaus aufs Meer. „Kein Empfang. Hat dein Handy vielleicht welchen?“

Etwas langsamer als sonst schob Mina eine Hand in ihre Tasche und zog ihr Smartphone heraus. Nach einem Blick auf den Bildschirm schüttelte sie den Kopf, während sie den Power-Button gedrückt hielt. Ihre Lippen fest zusammengepresst, hob sie nach ein paar Sekunden den Blick, um seinem zu begegnen. „Ich werde keine Hilfe sein. Bei meinem Hechtsprung von der Straße muss es gegen einen Felsen gestoßen sein.“

„Okay.“ Er nickte. „Wenn wir das Schiff erwischen wollen, laufen wir am besten zurück zum Restaurant und rufen uns dort ein Taxi.“

„Was ist mit dem Ding?“ Sie zeigte auf das kaputte Fahrrad.

Lächelnd zuckte Kent mit den Schultern. „Dafür gibt es Versicherungen.“

Langsam und mit der gleichen Vorsicht wie ein Kleinkind, das lernt, sein Gleichgewicht zu halten, machte sie einen einzigen Schritt.

„Brauchst du Hilfe?“ Während er ihr dabei zusah, wie sie sich vorsichtig über die Felsen bewegte, konnte er fast spüren, wie seine Mutter ihm einen Stoß in die Rippen verpasste, um ihn dazu zu bringen, sie zu unterstützen. Nur Jahre des Umgangs mit modernen unabhängigen Frauen ließen ihn zuerst fragen.

„Es geht schon, vielen Dank.“ Als sie vom letzten Stein auf die Straße trat, blieb sie stehen und rieb sich kurz den Nacken.

„Hast du dir den Kopf angestoßen?“ Bei dem Sturz in dem felsigen Gelände wäre es nicht unwahrscheinlich, wenn sie sich eine Gehirnerschütterung zugezogen hatte. Die Rippenstöße seiner Mutter wurden fester.

„Was?“ Sie löste ihre Hand vom Nacken und schüttelte den Kopf. „Nein, es geht mir gut.“ Sie schirmte ihre Augen von der Sonne ab und blickte die Straße hinunter in Richtung Ort. „Vielleicht sollte ich hier warten, und du fährst runter zum Restaurant."

Er brauchte keinen Stoß in die Rippen von seiner Mutter, um zu wissen, dass er auf keinen Fall eine Frau mitten im Nirgendwo allein auf der Straße zurücklassen konnte, ganz gleich, ob sie sich nun den Kopf angestoßen hatte oder auch nicht. Besonders nicht mit ein paar verrückten Möchtegern-Formel-1-Fahrern in der Gegend. „Wenn du es schaffst, gehen wir zusammen zu Fuß."

„Natürlich schaffe ich das."

„Wollen wir?" Er beugte sich weit vor und beschrieb eine höfisch-ausladende Geste mit dem Arm, was ihm das erhoffte Lächeln einbrachte.

Nebeneinander marschierten sie los. Mina ging auf der Meeresseite, Kent schob sein Fahrrad neben sich auf der Straße her – nur für den Fall, dass die verrückten Fahrer noch einmal zurückkehrten. Und vorsichtshalber behielt er Mina beim Gehen genau im Auge und suchte nach Anzeichen einer ernsteren Verletzung. Er war sich nicht sicher, ob sie sich den Kopf gestoßen hatte oder nicht, aber die Art, wie sie ihren Nacken rieb, ließ es ihn vermuten.

„Es tut mir sehr leid, dass ich deinen Tag ruiniert und das Fahrrad kaputt gemacht habe."

„Erstens hast nicht du das Fahrrad kaputt gemacht, sondern diese Idioten haben es getan. Und zweitens sollte *ich* mich bei *dir* dafür entschuldigen, dass ich dich in Gefahr gebracht habe und jetzt dazu zwinge, den halben Weg zurück in die Stadt zu Fuß zu gehen."

„Was wahrscheinlich gar nicht so schlecht ist, um meine Muskeln zu lockern." Sie sah ihn an und lächelte. „Ich muss zugeben, dass du dich, was die ganze Situation angeht, sehr toll verhältst. Du bist absolut kein Spielverderber."

„Was bleibt mir anderes übrig? Schlechte Laune wegen alledem zu bekommen, macht nichts besser."

„Vielleicht war Spielverderber eine schlechte Wortwahl. Ich vergesse manchmal, dass nicht alle Menschen italienischer Abstammung sind."

„Wie meinst du das?" Bis jetzt hatte er geglaubt, dem Gespräch ganz gut folgen zu können, aber er hatte keinen Schimmer, was Spielverderber mit Italienern zu tun hatten.

Mina kicherte. „Sie werden oft sehr laut. Vor allem, wenn unerwartet etwas schiefgeht. Meine Eltern stammen ursprünglich aus New York. Kombiniere Italiener mit lautstarken New Yorkern und … Nun ja, im Haushalt der Ummarinos wird es jedenfalls nie langweilig."

„Große Familie?"

„Sehr große. Wir sind zu dritt und die Jüngsten. Meine Mutter und mein Vater haben jeweils vier Geschwister, von denen fast alle mindestens vier Kinder haben. Ein paar unserer Tanten und Onkel leben nach wie vor in New York. Die Eltern meines Vaters sind gestorben, als wir Kinder waren, aber meine Grandma Le wohnt bei Mom und Dad."

„Das muss schön sein."

„Es hat seine Vor- und Nachteile. An den meisten Tagen freut sich meine Mom, ihre Mutter um sich zu haben. An anderen marschiert sie grummelig durchs Haus und murmelt ständig: *Wenn man keine anderen Probleme hat, dann hat man immer noch eine Mutter.*"

Das brachte Kent zum Lachen. „Ich glaube, deine Mutter würde mir gefallen."

Minas Lächeln wurde breiter. „Jeder mag sie. Vor allem, wenn sie kocht. Es gibt keinen Freund oder Feind, der nicht für Mamas Lasagne töten würde."

„Jetzt bin ich mir sicher, dass ich sie mag."

„Oh, sieh mal, wir waren schon näher am Restaurant, als ich dachte." Als Mina nach vorne deutete, zuckte sie zusammen.

„Was ist los?"

„Gar nichts." Sie schüttelte abwehrend den Kopf.

Er war sich ziemlich sicher, dass es nicht nichts war, aber er würde nicht nachhaken. Noch nicht.

Nach ein paar weiteren Minuten erreichten sie das Conch Shanty. Nur leider war es geschlossen.

„Warte kurz hier." Kent ging um das Gebäude herum in der Hoffnung, eventuell jemanden vom Personal zu finden. Doch das Einzige, was er entdeckte, war, dass die offene Rückseite des Gebäudes jetzt mit Glastüren verschlossen war, die bei ihrem Besuch früher am Tag offensichtlich an die Seite geschoben gewesen waren.

Was nun?

Leider hatte Mina nicht wirklich auf das Schild mit den Öffnungszeiten an der Tür geachtet, als sie zum Essen hier gewesen waren.

„Hinten ist auch niemand", sagte Kent, als er zu Mina zurückkam. „Ich schätze, sie schließen zwischen Mittag- und Abendessen."

„Nicht ganz."

„Was meinst du damit?"

Sie deutete mit dem Arm, der nicht schmerzte, auf das Schild. „Sie öffnen nur, wenn ein Schiff im Hafen liegt."

„Aber unser Schiff liegt im Hafen."

„Ja, aber es legt um fünf ab. Um vier müssen alle zurück an Bord sein. Deswegen lohnt es sich nicht, den Imbiss um diese Uhrzeit geöffnet zu haben."

Er seufzte, als es ihm langsam dämmerte. „Also keine Gäste zum Abendessen."

„Anscheinend ist dieses Restaurant kein Treffpunkt für Einheimische."

Noch einmal versuchte es Kent mit seinem Handy.

„Aus deinem Stirnrunzeln schließe ich, dass du nach wie vor keinen Empfang hast?"

„Richtig." Er steckte das Telefon zurück in seine Hemdtasche. „So ungern ich es auch ausspreche, aber wie es aussieht, müssen wir zurück laufen; hoffentlich kommt jemand vorbei, der uns den Rest des Weges mitnimmt."

Da die einzigen Autos, die sie gesehen hatten, seit sie von der Hügelkuppe heruntergekommen waren, die beiden Idioten waren, die sie von der Straße gedrängt hatten, waren Minas Hoffnungen auf eine Mitfahrgelegenheit nicht allzu groß. Sie wünschte, ihre Handys würden funktionieren.

„Fühlst du dich gut?"

„Ja, alles okay, danke." Es hatte keinen Sinn zu erwähnen, dass der Schmerz in ihrem Handgelenk begonnen hatte, ihren Arm hinauf auszustrahlen.

„Warum runzelst du dann die Stirn?"

„Tue ich das?"

Er nickte.

„Ich habe gerade darüber nachgedacht, was passiert, wenn wir das Schiff verpassen. Meine Schwestern werden sich Sorgen machen."

„Es besteht nach wie vor die Chance, dass jemand vorbeikommt, bei dem wir mitfahren können. Schließlich ist das hier nicht gerade eine einsame Insel."

„Nein, aber überleg doch mal – allein der geschlossene Imbiss ... Wir scheinen auf der weniger bewohnten Seite der Insel zu sein. Und außerdem mehr als nur einen kurzen Fußmarsch vom Hafen entfernt."

Jetzt war es Kent, der die Stirn runzelte. „Ich hätte nichts dagegen, die Luft aus den Reifen der Wagen dieser beiden Idioten zu lassen."

„Ich denke, ihre Autoschlüssel in den Ozean zu

werfen, würde mir ein noch besseres Gefühl verschaffen." Obwohl sie sich im Moment auch mit ein paar Ibuprofen begnügt hätte, um das Pochen in ihrem Ellbogen zu stoppen.

„Befriedigend fände ich das erst, wenn wir den Schlüsseln die Auto folgen lassen."

Ihr kam eine Mischung aus einem Schnauben und einem Glucksen über die Lippen.

„Das solltest du öfter machen." Kent lächelte sie an.

„Was, schnauben wie ein Schwein mit Erkältung?"

Sein Grinsen wurde breiter. „Lachen."

Ihre kleine Schwester sagte das oft zu ihr. Natürlich waren die Regeln der Familie Ummarino mit jedem weiteren Kind lockerer geworden, sodass das Baby der Familie verwöhnter aufgewachsen war als sie oder Ginnie. Zum Glück war sie trotzdem zu einer netten Frau und Freundin herangewachsen – die das Leben eben nur etwas weniger ernst nahm als Mina.

„Du runzelst schon wieder die Stirn. Denkst du an deine Schwestern?"

Sie nickte. „Jo war so ein verwöhntes kleines Ding. Wir sind, was das angeht, eine richtig typische Familie. Die Erstgeborene musste alle möglichen Regeln und Vorschriften befolgen. Bis sechzehn keine Verabredungen. Kein Make-up bis zur Highschool, und selbst dann nur gegen großen Widerstand. Keine Handys, Tablets und eingeschränkte Fernsehzeit. Bei Ginnie galten die meisten Regeln immer noch mit ein paar Vergünstigungen, aber als Jo kam, kümmerte es niemanden mehr, wie viel Fernsehen sie guckte oder ob sie Computer spielte. Und nachdem sie einmal kurz gejammert hatte, dass alle ihre Freunde ein Smartphone haben, hat sie auch eins bekommen."

„Was war mit den Verabredungen und dem Make-up?"

„Make-up ab der Junior High. Mit den Verabredungen hatte sie es nicht annähernd so eilig. Nicht, dass sie mit ihren norditalienischen blonden Haaren und blauen Augen nicht viele Verehrer hatte, die ihr praktisch hinterhersabberten. Aber trotz allem hat sie einen tollen Charakter und außerdem einen scharfen Verstand und ein gutes Herz.“

„Und du liebst sie sehr.“

Trotz der zunehmenden Schmerzen in ihrem Arm lächelte Mina breit. „Ja. Ich würde für meine Schwestern sterben.“

„Ich habe keine Schwestern, aber für meinen Bruder würde ich auch durch die Hölle und zurück gehen.“

Es gab so viele Geschwister, die sich nicht umeinander kümmerten, sich nicht einmal füreinander interessierten. Das hatte Mina nie verstanden. „Apropos gehen, was glaubst du, wie lange es bis in die Stadt dauert?“

Jetzt war er derjenige, der die Stirn runzelte. „Ich bin mir nicht sicher.“

„Aber du machst dir auch Sorgen, dass wir das Schiff verpassen könnten?“

„Ich mache mir keine Sorgen, ich gehe nur die Möglichkeiten durch.“

„Was ich nicht verstehe, warum sind so wenige Menschen auf dieser Seite der Insel unterwegs?“

„Keine Ahnung, aber so ist es sehr schön.“

„Finde ich auch. Zu Hause ist alles so verbaut, und es wird immer voller. Unser Tag in der Natur regt definitiv zum Nachdenken an.“

Er nickte und sah auf seine Uhr.

„Wie lange laufen wir schon?“

„Zu lang. Das Schiff müsste in etwas mehr als einer Stunde auslaufen.“

Sie ließ den Blick die Straße hinunter zu einem

großen Stück Land wandern, das zwischen der Straße und dem Ufer lag. „Interessant, wie diese Straße immer wieder zur Küste hin- und dann wieder von ihr wegführt."

„Das erinnert mich an alte Städte, in denen die Straßen entlang alter Kuhpfade gepflastert worden sind. Die winden sich auch in die seltsamsten Richtungen."

„Schau mal." Sie hob ihren verletzten Arm, um in die Richtung zu zeigen, die sie meinte, zuckte jedoch sofort zusammen und drückte ihn gegen ihre Brust, während sie den anderen ausstreckte.

„Verdammt!" Kent blieb abrupt stehen und wirbelte zu ihr herum, den Blick konzentrierte auf ihren Arm gerichtet, den sie noch immer fest an ihre Brust drückte.

KAPITEL 9

Wieso hatte er nicht gleich gemerkt, dass Mina ernsthaft verletzt war? Er hätte aufmerksamer sein müssen. „Ich werde mir deinen Arm genauer ansehen."

„Nicht nötig. Es ist nur eine Prellung vom Sturz, wahrscheinlich ist er verstaucht."

„Das glaube ich nicht. Das Handgelenk ist nur leicht geschwollen, aber der Ellbogen hat die Größe einer Grapefruit. Kannst du deine Finger bewegen?"

„Ehrlich gesagt habe ich keine Ahnung. Ich bin mir nicht sicher, ob ich es überhaupt wissen will." Mit einem gezwungenen Lächeln wackelte sie mit den Fingern und zog sofort scharf die Luft ein. „Ja, ich kann sie bewegen, aber ich möchte das lieber nicht noch einmal tun."

„Bitte lass mich deinen Arm ansehen. Ich verspreche dir, ganz vorsichtig zu sein."

„Und wenn du mir wehtust, verspreche ich, dir noch mehr wehzutun." Das etwas verrutschte Grinsen, das als Lächeln gedacht war, verriet ihm, dass ihr Kommentar keine leere Drohung war.

So sanft er konnte, tastete er ihre Finger und ihre Handfläche ab. „Kannst du das spüren?"

Sie nickte.

„Tut es weh?"

„Nicht wirklich."

„Nicht wirklich?"

„Sagen wir es so, wenn du meine Hand berührst, tut mein Arm nicht *mehr* weh."

Vorsichtig drückte er ihr Handgelenk. „Wahrscheinlich hast du recht mit der Verstauchung deines Handgelenks." Er tastete mit den Fingern ihren Unterarm entlang und versuchte mit so viel Umsicht wie möglich, ihren Arm zu bewegen, um sich den Ellbogen besser ansehen zu können, bis sie die Zähne zusammenbiss und die Augen schloss. „Wahrscheinlich bist du auf deinem Handgelenk gelandet und hast dir den Ellbogen gequetscht. Die Schwellung kommt nicht von einer Entzündung, dort hat sich Blut gesammelt."

„Was auch immer es ist, es tut höllisch weh, wenn ich den Arm oder meine Finger bewege."

„Das glaube ich." Er griff nach dem Saum seines Hemdes und zog es sich über den Kopf.

„Was machst du da? So bekommst du sofort einen Sonnenbrand."

„Du brauchst eine Schlinge. Außerdem hattest du doch noch Sonnencreme übrig, oder?"

„Habe ich, aber dein Hemd benutze ich trotzdem nicht. Ich kann den Arm auch so gut in der Position halten."

Offensichtlich hatte sie nicht nur einen ausgeprägten Beschützerinstinkt gegenüber ihren Schwestern, sondern war außerdem ziemlich stur. Er ignorierte ihre Proteste und band die Ecken seines Hemdes zusammen. „Ich brauche kein Shirt, aber du eindeutig Hilfe, um deinen Arm zu stützen."

„Ich weiß wirklich nicht …"

„Keine Widerrede." Er hielt das Hemd hoch. „Bitte."

Ein paar angespannte Sekunden lang dachte er, sie würde weiter protestieren, bis sie einen tiefen Seufzer ausstieß und den Kopf senkte, damit er ihr die provisorische Schlinge umlegen konnte.

„Ich werde sie tragen, aber nur wegen des Hauses."

„Haus?" Er half ihr vorsichtig, ihre Hand in die Schlinge zu stecken, bevor er aufsah. „Welches Haus?"

„Das Haus, das ich dir zeigen wollte, als du die Verletzung an meinem Arm bemerkt hast."

Er sah in die Richtung, in die sie zeigte, und entdeckte ein Konstrukt, das fast vollständig von Bäumen und Pflanzen verdeckt war und aussah wie das Dach eines kleinen Gebäudes. „Hoffen wir darauf, dass wer auch immer dort wohnt, ein Auto besitzt und uns pünktlich zum Schiff bringen kann."

„Auf jeden Fall sollten wir uns beeilen." Ohne auf ihn zu warten, verfiel sie in einen Laufschritt.

„Warnst du eigentlich nie jemanden vor, bevor du losrast?" Es war als Scherz gemeint, aber dass sie ständig losspurtete, bevor er eine Chance hatte zu reagieren, wurde langsam zu einem Muster.

Es dauerte nicht lange, bis sie den unbefestigten Weg erreichten, der von der Straße zu dem Haus zu führen schien, das von hier aus bereits etwas besser zu sehen war. Als sie den Pfad zum Eingang entlangliefen, war klar, dass das Haus größer war, als es von der Straße aus gewirkt hatte.

Mina verlangsamte ihre Schritte und blickte sich um, fast hypnotisiert von der üppig grünen Landschaft. „Es gibt Tage, an denen es ein sehr reizvoller Gedanke ist, an einem solchen Ort zu leben, weit weg von den vielen Menschen und dem Chaos der Stadt, nur umgeben von sauerstoffproduzierenden Pflanzen."

„Da hast du recht." Nicht nur das Haus und die Landschaft hatten ihren Reiz. Den ganzen Tag hatte er versucht, das Lächeln zu ignorieren, das Minas Augen zum Leuchten brachte, das Lachen, das tief aus ihrem Herzen kam. Draußen, ungeschminkt, mit kastanienbraunem Haar, das zu einem Pferdeschwanz zurückgebunden war, war Mina immer noch das

Schönste, was er den ganzen Tag auf der Insel gesehen hatte. Rasch schob er seine Gedanken weit weg und stieg die wenigen Stufen zur Haustür hinauf. Als er nirgendwo eine Türklingel entdecken konnte, klopfte er.

„Wirkt nicht, als wäre jemand zu Hause." Mina seufzte schwer. So wie sie ihre gesunde Hand benutzte, um ihren verletzten Arm zu reiben, war er sich ziemlich sicher, dass er mehr schmerzte als zuvor.

„Gib mir eine Sekunde. Ich schaue mal nach, ob vielleicht doch jemand in der Nähe ist."

Mina nickte.

Das Haus war einfach und wirkte von außen sehr gepflegt. Als er von dem weitläufigen Seitenhof um die Ecke hinter das Gebäude bog, entdeckte er eine Frau, die sich über einen riesigen Gemüsegarten beugte.

„Hallo." Sie bewegte sich nicht, also trat Kent etwas näher und rief noch einmal. Jetzt konnte er die Musik spielen hören und rief wieder: „Entschuldigung! Hallo!"

Die Frau erschrak dermaßen, dass sie auf ihrem Hintern landete.

„Tut mir leid, ich wollte Sie nicht erschrecken." Er streckte eine Hand aus, um ihr auf die Beine zu helfen.

Leise kichernd schüttelte sie den Kopf und zog ihre Handschuhe aus. „Mein Fehler, ich habe Sie nicht gehört. Hier draußen bekommen wir nicht viel Besuch."

Das fiel ihm nicht schwer zu glauben. „Entschuldigen Sie die Störung, aber ich hatte gehofft, Sie hätten vielleicht ein Auto und könnten uns zurück zu unserem Schiff im Hafen fahren."

„*Touristas*." Sie lächelte und drehte dann ihr Handgelenk, um mit gerunzelter Stirn einen Blick auf ihre Armbanduhr zu werfen. „Sind sie mit einem der Kreuzfahrtschiffe hier?"

„Ja, sind wir.“

„Wir?“ Sie blickte über seine Schulter und runzelte erneut die Stirn. „*Donde esta*? Wo ist ihre Begleitung?“

„Vorne. Wir haben geklopft; als niemand aufgemacht hat, bin ich ums Haus rumgegangen. Wir hatten gehofft, dass Sie uns vielleicht zum Hafen fahren können.“

Sie schüttelte den Kopf, warf ihre Handschuhe in den Korb zu ihren Füßen und ging ihm voraus zur Vorderseite des Hauses. „Wir haben zwar ein Auto, aber das steht beim *taller*, beim Mechaniker. Mein Mann hat es heute Morgen hingebracht. Aber selbst wenn es hier wäre, würde es Ihnen nichts nützen. Das Schiff sollte jede Minute ablegen.“

Als er auf seine eigene Uhr sah, dachte er, sie hätten noch fast eine Stunde Zeit, und wenn das Schiff auch nur fünf Minuten später ablegte, würde ihnen das zusätzlich Zeit verschaffen, rechtzeitig zum Hafen zurückzukehren. Genug Zeit, *wenn* sie ein Auto hätten.

„Haben Sie vergessen, ihre Uhr umzustellen?“ Sie zeigte auf sein Handgelenk.

Er schlug sich mit der offenen Handfläche gegen die Stirn. Der Kapitän hatte am Morgen extra darauf hingewiesen, nicht zu vergessen, dass die Uhrzeit, zu der das Schiff ablegen würde, die sei, die auf der Insel gelte, und diese sei der Uhrzeit auf dem Schiff eine Stunde voraus. „Ja, ich fürchte schon.“

Als sie um die Ecke bog, wurden die Schritte der Frau immer langsamer und ihre Augen weiteten sich. „*Mija*. Was ist passiert?“ Die Frau eilte zu Mina.

„Wir hatten einen kleinen Unfall.“

Die Frau blickte auf die provisorische Schlinge und wieder zu Kent, oder genauer gesagt auf seine nackte Brust. Erst dann bemerkte sie das Fahrrad, das am Haus lehnte. „Nur ein Fahrrad?“

Mina nickte. „Ja. Ich fürchte, meins steht ein Stück weit entfernt am Straßenrand.“

„Kommen Sie mit rein. Sie müssen müde und durstig sein."

„Wir würden gerne versuchen, es rechtzeitig zurück zum Schiff zu schaffen." Vor allem, falls das Schiff nicht pünktlich auslief. „Könnten wir Ihr Handy benutzen? Um ein Taxi zu rufen", fragte Kent, als sie der Frau ins Haus folgten.

Die Frau schüttelte den Kopf. „Es tut mir leid, aber die Telefonleitungen sind nach zwei Hurrikanen zusammengebrochen und müssen noch repariert werden."

Sofern kein Wunder geschah, war es an der Zeit, sich einzugestehen, dass er und Mina das Schiff nicht rechtzeitig erreichen würden.

In diesem Moment hätte Mina für ein paar Aspirin einen Mord begangen. Ihre Schwestern würden außer sich vor Sorge sein. Sie mussten dringend zurück in den Ort und sie benachrichtigen.

„Setzten Sie sich. Mein Mann ist in seiner Werkstatt. Er sollte bald hier sein, und dann essen wir zusammen zu Abend."

Mina warf einen Blick in Kents Richtung, der sich im selben Augenblick zu ihr umdrehte. Sie wollte zurück in den Ort, ihre Schwestern kontaktieren und herausfinden, wie sie wieder auf das Schiff kommen konnten. Bei ihren freundlichen Gastgebern zu Abend zu essen, stand nicht auf ihrer Agenda.

„Wir würden gerne in die Stadt. Mina sollte wegen ihres Arms einen Arzt aufsuchen", sprach Kent aus, was sie dachte.

„Ich fürchte, Sie müssen bis morgen früh warten, bis Sie in den Ort können."

„Bis morgen?" Minas Stimme klang panischer, als sie es beabsichtigt hatte.

Ihre Gastgeberin nickte und zuckte gleichzeitig mit den Schultern. „Nach Einbruch der Dunkelheit zu Fuß oder mit dem Fahrrad unterwegs zu sein, ist nicht sicher; und die Sonne wird bald untergehen. Sie bleiben diese Nacht hier. Morgen früh können Sie dann in den Ort."

Mina kam plötzlich der Gedanke, dass die nette ältere Frau und ihr Mann vielleicht nicht so unschuldig waren, wie sie aussah. Sie war von Natur aus keine Pessimistin, aber sie wollte auch nicht in den Sechs-Uhr-Nachrichten als das Paar landen, das bei einer Fahrradtour über die Insel spurlos verschwunden war.

„In der Zwischenzeit besorge ich etwas Eis für Ihren Arm." Die Frau ließ sie allein, und Mina tadelte sich stumm für ihre unhöflichen Gedanken. Sie war lediglich eine nette Dame, die ihr Bestes tat, damit sie sich in ihrem Haus wie zu Hause fühlten.

Einen Eisbeutel um ihren Ellbogen gewickelt, war Mina fast auf dem Sofa eingenickt, als ihr Gastgeber durch die Hintertür hereinkam. Ein überraschend großer Mann, der abrupt stehen blieb, als er Mina und Kent auf seiner Couch sitzen sah.

Noch bevor er auch nur ein Wort sagen konnte, eilte seine Frau in den kleinen Wohnbereich, wischte sich die Hände am Saum ihrer Schürze ab und grinste ihren Mann an. „Wir haben heute Gesellschaft beim Abendessen."

Die Augen des Mannes verengten sich, während er erst Minas Arm und anschließend Kents freien Oberkörper musterte.

„Sie hatten einen kleinen Unfall. Und haben ihr Schiff verpasst." Sie gab ihm einen leichten Kuss auf die Lippen. „Wasch dich, und hol ein Hemd für Mr. Harwood."

„Nennen Sie mich bitte Kent", sagte Kent schnell.

„Und mich Mina."

„Ich bin Ramon Garza." Der Mann reichte Kent die Hand. Der argwöhnische Ausdruck, der in seinem Blick gelegen hatte, trat hinter einer gastfreundlichen Miene zurück. „Herzlich willkommen. Ihr habt Glück, Cecilia ist eine der besten Köchinnen der Insel."

„Nur *eine* der Besten?", neckte ihn seine Frau.

Ramon kicherte und küsste sie auf die Nasenspitze. „Wir beide wissen natürlich, dass du die Beste bist, aber es kann nie schaden, zumindest bescheiden zu *wirken*."

„Guter Punkt." Seine Frau nickte grinsend. „Das Abendessen ist übrigens fertig."

Das Haus war hell, luftig und einfach eingerichtet. Die Zimmer waren weder groß noch klein, und das Gleiche galt für den Essbereich, in den Cecilia sie führte. Ein paar Minuten später ließ sich Mina das köstlichste Reis-Bohnen-Gericht auf der Zunge zergehen, das sie je gegessen hatte. Wer hätte gedacht, dass gewöhnlicher weißer Reis so gut schmecken konnte.

„Ich habe *Carne Mechada* gemacht, zerkleinertes Rindfleisch, damit du keine zwei Hände und ein Messer zum Essen brauchst."

„Das ist total lecker." Mina schob sich eine weitere Gabel voll in den Mund.

„Erinnert mich an *Ropa Vieja*." Kent ließ seine Gabel in der Luft schweben, bereit für einen weiteren Bissen. „Früher hatten wir einen Nachbarn aus Kuba, der ähnliche Gerichte gekocht hat, die fast genauso gut geschmeckt haben."

Cecilia nickte stolz. „Meine Großeltern kamen ursprünglich aus Kuba."

„Wie geht es deinem Arm?", fragte Ramon.

Mina war erst aufgefallen, wie hungrig sie war, als

Cecilia den dampfenden Teller vor ihr abgestellt hatte; sie hatte das Essen so sehr genossen, dass sie ihren Arm darüber schlicht vergessen hatte. „Es ist erträglich."

„Jetzt, wo du etwas im Magen hast, solltest du ein Medikament gegen die Schmerzen nehmen." Cecilia stieß sich vom Tisch ab und kehrte mit einer Flasche des sehr geschätzten Ibuprofens zurück. „Das wird dir helfen, dich besser zu fühlen. Morgen früh, wenn der Mechaniker unser Auto zurückbringt, fährt Ramon euch in die Stadt. Dann kannst du zum Arzt gehen."

Mina nickte. Sie hatten ohnehin keine Wahl, als bis zum Morgen zu warten.

Das Abendessen war köstlich gewesen, und trotz der Schmerzen in ihrem Arm waren die Gesellschaft und das Gespräch angenehmer gewesen, als Mina erwartet hatte. Cecilia und ihr Mann hatten ihnen erzählt, dass sie sich vor ein paar Jahren auf die ruhige Seite der Insel zurückgezogen hatten. Er stellte handgeschnitzte Souvenirs und Möbel her, und Cecilia baute ihr eigenes Gemüse an und bemalte Muscheln.

Nach dem Abendessen machten sie einen Rundgang durch die Werkstatt.

„Die sind erstaunlich." Kent hielt ein Stück hoch, das einst einfaches Treibholz gewesen und jetzt eine glatte, glänzende Delfinpaar-Skulptur war. Daneben lagen ein Vogel im Flug und eine Eule, die auf einem großen Ast thront. Einige der Kunstwerke waren klein und lebensecht, andere groß und abstrakt, aber alle absolut umwerfend.

„Ich komme gar nicht darüber hinweg, wie schön die sind", sagte Mina.

„Wie lange arbeitest du schon mit Treibholz?", fragte Kent, der jetzt eine kleine Auswahl an Souvenirs musterte, die auf einem flachen Stein arrangiert waren.

Ramon durchquerte den Raum und stellte sich

neben ihn. „Ich beschäftige mich seit meiner Kindheit damit. Mein Großvater hat mir mein erstes Schnitzmesser geschenkt. Er war ein wahrer Schnitzmeister. Der schwierige Teil ist, die Stücke zu finden, die zu mir sprechen."

„Diese sprechen sicherlich." Mina ging auf die andere Seite der Werkstatt hinüber, wo Cecilias Farben und Staffeleien standen. Eine Halbschale von der Größe ihrer Handfläche mit einer bis ins kleinste Detail gemalten Sonnenuntergangslandschaft erregte ihre Aufmerksamkeit. Neugierig beugte sie sich vor, um sie genauer zu betrachten. Die Miniaturmalerei war in ihrer schlichten Schönheit beinahe hypnotisierend. „So viel Talent in einer Familie."

„Gefällt sie dir?", fragte Cecilia, die neben sie getreten war.

„Sie ist wunderschön."

Mit einem Lächeln legte Cecilia die Muschel auf ihre flache Hand. „Ich schenke sie dir."

„Oh nein, das kann ich nicht annehmen." Mina hatte keine Ahnung, wie lange Cecilia brauchte, um eines ihrer winzigen Kunstwerke fertigzustellen, aber sie bestritt damit ihren Lebensunterhalt.

Immer noch lächelnd drückte Cecilia Minas gesunden Arm. „Ich bestehe darauf. Es macht mich glücklich, jemandem eine meiner Arbeiten zu schenken, der sie so sehr zu schätzen weiß."

„Danke dir vielmals. Ich werde sie in Ehren halten."

„Gut." Cecilia klatschte in die Hände. „Es ist spät. Wir richten euch besser langsam für die Nacht ein."

Der Weg von der Werkstatt zum Haus war schmal und ging leicht bergauf, aber es dauerte nur ein paar Minuten, um das malerische Zuhause zu erreichen. An der Hintertür drehte sich Mina um und blickte den Hang hinab. Der Strand war lediglich einen langen

Spaziergang entfernt. „Es ist so leise."

Kent blieb neben ihr stehen und folgte ihrem Blick. „Ein ziemlicher Kontrast zum Leben in der Stadt."

Mina konnte nur nicken. Keine Telefone, keine Autos, keine Zentralheizung und Klimaanlage, aber viel Frieden, Stille, duftende Blumen und glückliche Menschen. Dinge, die sie dazu brachten, den amerikanischen Traum von goldgesäumten Straßen zu überdenken.

„Ja." Kent nickte.

Sie drehte sich zu ihm um. „Ja, was?"

Er lächelte sie an. „Es bringt einen zum Nachdenken."

„Ja. Das tut es."

Während sie ihren Gastgebern ins Haus folgten, warf Mina Kent einen kurzen Blick zu. War sie für einen Fremden so leicht zu durchschauen, dass er wusste, worüber sie nachgedacht hatte, oder war es unter den gegebenen Umständen ganz natürlich, über die Vor- und Nachteile der modernen Welt nachzudenken?

„Hereinspaziert." Cecilia öffnete eine Tür am Ende des Flurs.

„Es ist sehr nett von euch, uns für die Nacht unterzubringen", sprach Kent aus, was Mina im selben Moment durch den Kopf gegangen war. Vielleicht dachten sie tatsächlich sehr ähnlich.

„Keine Ursache. Es freut uns sehr, neue Leute kennenzulernen." Cecilia ging zum Fenster und zog die leichten Vorhänge zu.

Ramon kam mit einem Stapel gefalteter Kleidung auf dem Arm durch die Tür. „Meine Frau meinte, dass ein Button-Down-Hemd für die Mrs. mit dem lahmen Flügel vielleicht leichter anzuziehen wäre."

Die *Mrs.*?

„Der Mechaniker wird das Auto erst im Laufe des

Morgens vorbeibringen, also schlaft ruhig aus. Wo das Badezimmer ist, habe ich euch ja schon gesagt. Den Flur entlang, erste Tür rechts." Cecilia stand bereits wieder an der Tür, eine Hand auf der Klinke. „Gute Nacht."

Mit einem Klicken schloss sich die Tür hinter den beiden, und Mina blickte langsam zum Bett und dann zu Kent.

Oh nein.

KAPITEL 10

Oh nein. Kent warf einen Blick auf das Bett. Mit einem großen Kingsize-Doppelbett wäre die Situation deutlich entspannter gewesen, zumal er spürte, wie Mina angesichts ihres unerwarteten Schlafarrangements leicht panisch wurde. Er selbst war ebenfalls nicht wirklich entspannt. Er konnte nicht mal anbieten, was sonst in den typischen romantischen Filmkomödien immer der Ausweg war – in der Wanne zu schlafen. Zumindest nicht, wenn die den Flur hinunter im einzigen Bad des Hauses stand.

Mina starrte immer noch auf die Kleidung, die Ramon ihr gegeben hatte, und bewegte sich nicht.

Das Zimmer war recht klein und spärlich möbliert. Das Bett nahe der Wand zum Flur, nicht zusammenpassende Lampen auf den Nachttischen zu beiden Seiten, eine kleine Kommode und ein Spiegel waren die einzigen Gegenstände im Schlafzimmer. Kein Sessel, nicht mal ein Stuhl, auf dem er die Nacht hätte verbringen können, nachdem er die Badewanne bereits ausgeschlossen hatte. Und aufgrund der tropischen Temperaturen gab es auch keine dicke Bettdecke, die als Matratzenersatz hätte herhalten können. Obwohl auf dem Boden ohnehin nicht wirklich viel Platz war. Aber nicht vorhandene Decke beziehungsweise Platz hin oder her – der Fußboden bot ihm die einzige ritterliche Option.

„Ich schlafe auf dem Boden.“

Endlich sah Mina auf. „Das geht nicht.“

„Es geht schon.“

„Du weißt, was ich meine.“

„Nun, ich kann nicht in der Badewanne schlafen.“

Sie schüttelte den Kopf und seufzte. „Das wäre auch nicht bequemer als der Boden. Ich habe nie verstanden, warum die in Filmen immer als realistische Option dargestellt wird.“

Das brachte ihn zum Lachen. Es gab viele Dinge, die ihm in Filmen lächerlich vorkamen. „Wie das potenzielle Mordopfer, das allein in den gefährlichen dunklen Keller geht.“

„Genau.“

Er sah sich noch einmal im Raum um und rieb sich den Nacken. „Okay, nächstbestes Szenario.“

„Ich höre.“

„Du schlüpfst unter das Laken, und ich schlafe auf meiner Seite *auf* dem Laken. Nicht gerade die Mauer von Jericho, aber es muss reichen.“

Mina kicherte. „Das ist aus *Es geschah in einer Nacht*.“

„Hey, sehr gut. Die meisten Leute hätten die Verbindung nicht hergestellt.“

„Die meisten Leute sind nicht von einem alten Filmfan aufgezogen worden.“

„Dann sind wir uns einig?“

Sie nickte und reichte ihm ein großes T-Shirt, von dem sie annahm, dass es für ihn gedacht war. „Einverstanden.“

Angesichts der Tatsache, dass er bereits seit Stunden kein Hemd mehr trug, schien es fast albern, sich bei dieser Hitze die Mühe zu machen, etwas überzuziehen. Andererseits war es in der unangenehmen Situation, ein Bett mit jemandem zu teilen, mit dem man auf keine romantische Weise verbandelt war, möglicherweise keine schlechte Idee, ein Shirt zu tragen. „Danke dir.“

„Ich möchte unseren Gastgebern nicht auf die Füße treten, aber ich will wirklich nicht versuchen, mich aus dem Top zu winden, das ich gerade trage.“

„Wie geht es deinem Arm?“

Ein Klopfen ertönte an der Tür. Da Mina ihr am nächsten war, öffnete sie.

Davor stand Cecilia mit einem Glas Wasser in der einen Hand; mit der anderen schüttelte sie ein Tablettenfläschchen. „Für deinen Arm.“

„Vielen Dank.“ Mina schenkte ihr ein Lächeln und schloss die Tür. „Wenn man bedenkt, wie oft sie mich heute Abend dazu gebracht hat, meinen Ellbogen mit Eis zu kühlen, sollte ich wahrscheinlich nicht überrascht sein, dass sie auch jetzt noch so viel Aufhebens um mich macht. Ich fühle mich, als wäre ich zu Hause bei Mama.“

„Ich schließe aus deinem Lächeln, dass das etwas Gutes ist.“

„Etwas sehr Gutes.“ Mina ging zum Bett hinüber und schlug das Laken zurück. „Meine Mom macht mich ab und zu wahnsinnig, aber ich kann mir nicht vorstellen, jemand anderen als Mutter zu haben.“

Kent wartete, bis sie sich eingerichtet hatte, bevor er sich ebenfalls aufs Bett setzte. „Sich um andere zu kümmern, scheint bei den meisten Müttern eine genetische Veranlagung zu sein.“

„Verstehst du dich gut mit deiner?“

„Meistens ja. Abgesehen davon, dass sie mich damit nervt, endlich eine nette Frau kennenzulernen und sesshaft zu werden, verstehen wir uns wirklich gut. Ich hoffe, dass Shane und Melody bald ein Baby bekommen und mich dadurch entlasten.“

„Wer ist älter, du oder Shane?“

„Ich.“

„Habt ihr noch mehr Geschwister?“

Er schüttelte den Kopf. „Wir stammen aus einer langen Reihe kleiner Familien."

„Das kann ich mir gar nicht vorstellen. Wenn Mom bei Jos Geburt keine Komplikationen gehabt hätte, wodurch sie keine weiteren Kinder mehr bekommen konnte, hätte sie wahrscheinlich mindestens ein halbes Dutzend gewollt."

„Also habt ihr eine große Familie."

„Falls achtunddreißig Cousins und Cousinen zu haben, *groß* bedeutet, dann ja."

„Achtunddreißig?" Kent wusste, dass ihm der Mund offen stehen geblieben war, dennoch brauchte er einen Moment, um ihn wieder zu schließen. „Das ist wirklich ein krasser Gegensatz zu unserer kleinen Familie. Meine Mutter hat nur eine Schwester. Und mein Dad ist Einzelkind."

„An Feiertagen geht es bei euch mit Sicherheit ruhiger zu als bei uns."

„Ich nehme es an." Er hatte Freunde mit größeren Familien, aber er machte sich selten Gedanken darüber, wie trubelig es bei ihnen zu den Feiertagen war.

Mina lehnte sich gegen das Kopfteil und starrte zum sich drehenden Deckenventilator hoch.

„Einen Penny für deine Gedanken."

„Meine Schwestern werden mich umbringen."

Kent lachte leise vor sich hin. „Jim merkt vielleicht gar nicht, dass ich weg bin."

„Das glaube ich nicht."

„Okay, ja, es wird ihm auffallen, aber ich bezweifle, dass er sich Sorgen machen wird. Vielleicht hilft er deinen Schwestern dabei, die ganze Sache ruhig anzugehen."

„Vielleicht." Sie lehnte sich leicht nach rechts und zuckte zusammen.

„Wie schlimm ist es?"

„Eigentlich tut es überhaupt nicht weh, wenn ich

mich nicht bewege. Aber es braucht nicht viel, um mich daran zu erinnern, dass ich verletzt bin." Sie hob den linken Arm, um den Schalter der Lampe auf ihrem Nachtisch zu betätigen, bevor sie ihn schwerfällig wieder sinken ließ.

Hätte Kent gründlicher nachgedacht, hätte er ihr vorgeschlagen, die andere Seite des Bettes zu nehmen. Wenn es doch nur etwas gäbe, das er tun könnte, damit sie sich besser fühlt. Wenn er könnte, würde er ihr all ihre Sorgen und ihr Unbehagen nehmen. Mina hatte viel zu bieten, und je besser er sie kennenlernte, desto mehr mochte er sie. Wahrscheinlich viel mehr, als er sollte.

Er drehte sich um, zog an der Kette seiner Lampe und tauchte den Raum damit in Dunkelheit. „Gute Nacht."

„Gute Nacht."

Jetzt musste er nur noch ignorieren, dass eine wunderschöne Frau neben ihm lag. Eine ganz besondere schöne Frau. Er schloss die Augen und erinnerte sich daran, wie er sich dabei gefühlt hatte, als sie von der Straße abgekommen war – und akzeptierte, dass er nicht viel Schlaf bekommen würde. Dies würde zweifellos eine sehr lange Nacht werden.

Der Deckenventilator drehte sich auf Hochtouren, doch trotz der Brise war das Zimmer unangenehm warm. Natürlich wusste Mina, dass es wenig mit dem tropischen Klima zu tun hatte und alles mit dem Mann, der an ihrer Seite lag. Wenigstens trug er jetzt ein Shirt. Sie hatte fast ihre Zunge verschluckt, als er sich am Nachmittag ausgezogen hatte, um ihr eine Schlinge aus seinem Hemd zu machen. Entweder der Typ trainierte sehr viel oder er hatte bezüglich seines Schreibtischjobs gelogen. Breite Schultern, kräftige Muskeln und ein definierter Bauch, auf dem man Wäsche hätte schrubben können, waren wirklich nicht leicht zu ignorieren.

Sie hatte keine Ahnung, wie viel Zeit vergangen war, seit sie das Licht ausgemacht hatten, aber sie war sich sicher, dass dies die längste schlaflose Nacht ihres Lebens werden würde.

„Kannst du wegen deines Arms nicht schlafen?" Die tiefe, tiefe, fast schläfrige Stimme hüllte sie ein wie eine warme, kuschelige Decke.

„Entschuldige. Halte ich dich wach?"

Er schwieg so lange, dass sie dachte, er würde nicht mehr antworten. „Mein Verstand möchte auf morgen vorspulen."

„Die Ruhe hilft nicht gerade."

Kent lachte. „Wie in *I Love Lucy*. Als sie aufs Land gezogen sind. Fehlen nur noch ein paar Eichhörnchen, die auf dem Dach spielen."

„Oder wie in *Mein Vetter Winnie*. Ein kleiner Aufruhr würde genügen."

„Ich liebe diesen Film. Der wird niemals alt." Kent schob sein Kissen gegen das Kopfende und setzte sich auf. „Ich fand es immer schade, dass Fred Gwynne so kurz nach dem Film gestorben ist. Es war das erste Mal, dass ich ihn gesehen und dabei vergessen habe, dass er Herman Munster gespielt hat."

„Was ist eine Eibe?" Sie konnte nicht anders, als zu kichern. Dann stützte sie sich auf ihren gesunden Arm und richtete sich vorsichtig auf.

„Hier." Kent griff nach ihrem Kissen und schob es in ihren Rücken. „Besser?"

Sie nickte. „Ja. Danke dir."

„Was ist dein liebster Teil?"

„Von was?" Denn sie würde auf keinen Fall

zugeben, dass die sanfte Art, auf die er ihren Arm hielt, um ihr ein zusätzliche Kissen als Stütze zurechtzuschieben, mit Sicherheit ihr liebster Teil dieses Tages war.

„Deine Lieblingsszene aus *Mein Vetter Winnie*."

Sie lachte. „Ach, das ist einfach. Die mit der biologischen Uhr. Nicht nur die Art und Weise, wie sie immer weiter darüber redet, sondern auch, wie sie sagt, dass es vielleicht nicht der beste Zeitpunkt war, um es anzusprechen. Und deine?"

„Als sich Joe Pesci mit verschränkten Armen und überkreuzten Beinen zurücklehnt und seinem Cousin sagt, er solle sich das ansehen, während Marisa Tomei ihre Aussage über das Auto macht."

„Oh ja. Die Szene liebe ich auch. Und die, in der Winnie den Zeugen und *nur* den Zeugen bittet, an den Fingern abzuzählen."

„Es gibt so viele lustige Filme, und egal wie oft ich sie mir ansehe, sie werden nie alt."

„Finde ich auch. Ich habe Lieblingsfilme, die ich mir tausendmal ansehen könnte und die mir immer noch Vergnügen bereiten würden."

„Was ist dein absoluter Favorit?"

„Schwierige Frage. Ich schätze, wenn ich mir nur einen einzigen Film ansehen könnte, wäre es *Apollo 13*. Wer liebt kein Happy End einer wahren Geschichte?"

„Ganz deiner Meinung. So ziemlich alles, was Ron Howard anfasst, wird zu Gold."

„Stimmt, aber normalerweise bin ich eher an Filmen interessiert, die lange vor Ron Howard gedreht wurden."

„Wie zum Beispiel …?"

„Die etwas seltsamen, nicht ganz gradlinigen Filme, von denen die meisten Leute noch nie gehört haben, gehören zu meinen Favoriten."

„Wie zum Beispiel …?"

„Ich schätze, eine meiner Lieblingskomödien ist *Buona Sera, Mrs. Campbell.*"

„Mit Gina Lollobrigida."

Sie verkniff sich ein Stöhnen angesichts des Schmerzes, der ihren Arm hinaufschoss, als sie sich zu schnell umdrehte, um ihn anzusehen. „Den hast du gesehen?"

„Schau nicht so überrascht. Es ist ein lustiger Film."

„Ich dachte, ich wäre die Einzige, die Filme gesehen hat, die noch vor der Geburt meiner Mutter gedreht wurden."

Er schüttelte den Kopf. „Meine Mutter hat sich schon immer gerne alte Filme angeschaut. Als wir kleine Kinder waren, durften wir nicht viel fernsehen, aber meine Mom hatte immer irgendeinen Klassiker im Hintergrund laufen, wenn sie im Haushalt oder an irgendeinem Projekt gearbeitet hat. Manchmal liefen die Filme weiter, während sie nicht mal im Zimmer war."

„Also sind du und dein Bruder zu Fans alter Filme geworden?"

„Nicht ganz. Shane hat nie gerne lange still gesessen. Wenn er etwas im Fernsehen angucken wollte, musste es eine Sportsendung oder ein Autorennen oder etwas Ähnliches sein."

„Komisch, wie Geschwister derselben Eltern im selben Haushalt aufwachsen und trotzdem so unterschiedlich sein können."

Er sah ihr in die Augen. „Redest du von dir und deinen Schwestern?"

„Ja und nein. Wir sind sehr unterschiedlich, aber ich habe Freunde, die eineiige Zwillinge sind und sich charakterlich kein bisschen ähneln."

„Mutter Natur ist sehr komplex."

„Definitiv."

Stille breitete sich zwischen ihnen aus, aber es kam kein Bedürfnis auf, die Leere mit Worten zu füllen. Vielleicht lag es daran, dass sie endlich müde wurde, vielleicht aber auch am sprichwörtlichen einvernehmlichen und nicht unangenehmen Schweigen, von dem sie immer las.

„Ich schätze, wir sollten noch einmal versuchen, etwas Schlaf zu bekommen." Er drehte sich um und löschte erneut das Licht.

„Ich habe das Gefühl, dass morgen ein langer Tag wird." Vorsichtiger als beim Hochziehen auf dem Bett rutschte sie wieder unter das Laken. „Für den Fall, dass mir meine Schwestern meinen Kopf auf einem Silbertablett servieren, versprich mir bitte, dass du meinen Eltern sagst, dass ich sie liebe."

Kent lachte wieder.

Mina verkniff sich, in sein Lachen einzufallen, die Erschütterung würde nur dazu führen, dass ihr Ellbogen noch mehr schmerzte, aber es gefiel ihr, wie einfach es war, mit ihm zu lachen. Zu einfach.

In den nächsten Stunden unterhielten sie sich über alles Mögliche, von Essen über Kunst bis hin zu Filmen, Reisen, Bucket Lists und so ziemlich jedes andere Thema, das man sich vorstellen konnte. Irgendwann zwischendrin erinnerte Kent sie daran, eine der Schmerztabletten zu nehmen. Die Sorge in seinen Augen ließ ihr Herz einen kleinen Sprung vollführen.

Am nächsten Morgen war sich Mina nicht sicher, wann genau sie weggedämmert war, aber sie hatte wie auf Wolken geschlafen. Nicht einmal das Pochen und Ziehen in ihrem Arm hatte sie gestört. In ihren Träumen hatte sie sich in das bequeme Bett gekuschelt, nur um jetzt, da die Sonne durch die geschlossenen Vorhänge lugte, zu realisieren, dass es Kent war, an den sie sich geschmiegt hatte.

KAPITEL 11

Das Laken beiseite gestrampelt hatte Kent Mina die letzte Stunde beim Schlafen zugesehen. Sie lag auf der linken Seite, ihr rechtes Bein über seines geworfen, ihr Kopf an seiner Schulter. Ihr Haar kitzelte seine Nase, und ihre rechte Hand ruhte sanft auf seiner Brust. Sie hatte sich in all der Zeit keinen Zentimeter bewegt, und er wagte es nicht, sich zu rühren aus Angst, ihren verletzten Arm zu bewegen. Eines der Dinge, die ihn in den letzten vierundzwanzig Stunden überrascht hatten, war das überwältigende Bedürfnis, sie zu beschützen. Langsam und leicht strich er die verirrte Strähne von seiner Nase und kämmte, verzückt von der Weichheit ihrer Haare, vorsichtig mit den Fingern durch die seidigen Strähnen.

In der Sekunde, als sie aufwachte, fühlte er es sofort. Ihre langsame und gleichmäßige Atmung hörte abrupt auf, und er konnte spüren, wie Anspannung jeden Muskel in ihrem Körper durchdrang. „Guten Morgen."

Sie brauchte ein paar Sekunden, um zu antworten. Während sie ein Zusammenzucken unterdrückte, löste sie sich von ihm und schaffte es, sich aufzusetzen. „Morgen."

Es klopfte an der Schlafzimmertür. „Das Frühstück ist fertig."

„Vielen Dank!", rief Mina. „Wir kommen gleich."

„Wenn ich nicht ziemlich überzeugt wäre, dass sie

es genießt, Gäste zu haben, um die sie sich kümmern kann, hätte ich ein schlechtes Gewissen, weil sie sich so viel Arbeit wegen uns macht." Kent wünschte, sie könnten noch ein paar Minuten allein sein, aber es hatte keinen Sinn, mit dem Feuer zu spielen. Er schwang die Beine über die Bettkante und dachte über ihre Situation nach. „Falls das Auto nach dem Frühstück noch nicht zurückgebracht wurde, fahre ich am besten mit dem Rad in den Ort."

Mit fest zusammengepressten Lippen starrte Mina ihn so intensiv an, dass er überzeugt war, dass sie seine Gedanken las. Dann entspannten sich ihre Schultern und sie nickte. „So sehr ich es hasse, hier rumzusitzen und nichts tun zu können, als zu warten, hast du wahrscheinlich recht – das wäre in dem Fall das Beste."

Kent stand auf. „Wollen wir eine Münze werfen, wer sich zuerst die Zähne putzen darf?"

„Gerne. Aber wir haben keine Zahnbürsten dabei."

„Wie viel würdest du wetten, dass Cecilia bereits daran gedacht hat, uns welche rauszulegen?"

Mina konnte sich ein Kichern nicht verkneifen. „Stimmt auch wieder. Du gehst zuerst."

Nachdem sie sich mit den von Cecilia bereitgelegten Zahnbürsten die Zähne geputzt hatten, machten sie sich auf den Weg in die Küche. Ihre Gastgeberin hatte sie außerdem mit frischen Handtüchern und zwei sauberen Oberteilen versorgt. Einem T-Shirt für Kent und einem weiteren Männerhemd für Mina.

Der kleine Tisch war mit köstlich riechendem Essen bedeckt, das Kents Magen vor Vorfreude Purzelbäume schlagen ließ.

„Da seid ihr ja." Mit der Bratpfanne in der Hand schaufelte Cecilia geröstete runde Scheiben auf einen Teller, auf dem bereits mehr von den pfannkuchenähnlichen Leckereien gestapelt lagen. „Ich hoffe, ihr mögt Kokos-Fladen."

„Das klingt lecker." Mina ließ den Blick über den mit Essen beladenen Tisch wandern. „Du warst heute Morgen anscheinend schon schwer beschäftigt."

Cecilia grinste sie an. „Ich war mir nicht sicher, was ihr mögt. Erst habe ich überlegt, French Toast zu machen, mich dann aber entschieden, dass Kokos-Fladen wahrscheinlich etwas Besonderes für euch sind. Aber ihr braucht natürlich auch Proteine. Wie mögt ihr eure Eier?"

„So wie es für dich am wenigsten aufwendig ist." Kent griff nach einem warmen Fladen. Cecilia hatte recht, sie waren tatsächlich etwas Besonderes für ihn. Trotz seiner vielen Reisen hatte er noch nie Kokos-Fladen gegessen.

Und natürlich wurden sie nicht enttäuscht.

„Schmecken sie dir?" Cecilia blickte von der Pfanne mit Rührei auf, die sie anscheinend bereits zubereitet hatte.

„Schmecken? Sie sind köstlich."

„Gut. Nehmt mehr. Mein Ramon hat sich übrigens heute Morgen dein Fahrrad ausgeliehen und ist damit in die Stadt gefahren. Er wird die Reederei benachrichtigen, dass es euch gut geht. Sobald das Auto fertig ist, kommt er zurück und bringt euch in den Ort."

„Das ist sehr nett von ihm." Mina nahm einen Bissen von dem Rührei, das ihr Cecilia auf den Teller geschoben hatte.

Cecilia nickte. „Wie geht es deinem Arm?"

„Unverändert."

„Hmm." Cecilia runzelte die Stirn. „Ich hatte gehofft, dass es nach der Ruhephase heute Nacht ein bisschen besser geht. Ramon gibt Dr. Vega Bescheid."

„Weißt du, wann er zurück sein wird?"

Cecilia schüttelte den Kopf. „Nein, aber bald, nehme ich an."

Und tatsächlich, kurz nachdem sie ihr morgendliche Festessen beendet hatten, kam Ramon mit einem weiteren Mann durch die Haustür.

„Das Auto ist noch nicht fertig, deswegen bin ich mit Dr. Vega mitgefahren."

„Ein Hausbesuch?" Kent hatte das eigentlich nicht laut aussprechen wollen.

Der Arzt lächelte und stellte seine Tasche auf dem Tisch ab. „Das Inselleben läuft ein wenig anders, als es auf dem Festland üblich ist. Wie es das Schicksal wollte, hatte ich gerade Zeit, Ramon nach Hause zu fahren. Er hat mir erzählt, dass Sie sich den Arm verletzt haben?"

Mina nickte. „Es ist mein Ellbogen, der wehtut."

„Ich verstehe. Werfen wir mal einen Blick darauf."

Kent hatte erwartet, dass sie in einen anderen Raum gehen würden; stattdessen half der Arzt Mina, aus der provisorischen Schlinge zu schlüpfen, und hob langsam ihren Arm. Jedes Mal, wenn Mina das Gesicht verzog, musste Kent den Impuls unterdrücken, den Arzt beiseite zu stoßen und ihm zu sagen, er solle sie in Ruhe lassen. Er reagierte wie ein Neandertaler.

„Sobald Sie im Ort sind, würde ich gerne ein Röntgenbild machen, sofern dafür Zeit bleibt; um sicherzugehen, dass keine weiteren Schäden vorliegen. Aber vorerst werden wir das Blut ablassen. Das sollte gegen die akuten Beschwerden helfen."

„Weniger Beschwerden wären schön." Mina lächelte ihn an.

„Ein schönes Bad in warmem Salzwasser hilft auch." Der Arzt machte sich daran, das angestaute Blut abzulassen. „Wie lange bleiben Sie auf der Insel?"

Mina sah ihn an. „Das wissen wir nicht. Ich nehme an, wir müssen versuchen, unser Schiff im nächsten Hafen zu erwischen."

Der Arzt nickte. „Warmes Salzwasser finden sie auf jeder Insel reichlich. Baden sie darin, wann immer es ihre Zeit erlaubt."

„Wird gemacht." Mina hielt ihren Blick auf die Spritzenfüllung gerichtet.

„Sobald Sie wieder zu Hause sind, sollten Sie unbedingt Ihren eigenen Arzt aufsuchen. Und es kann sicherlich nicht schaden, wenn sie auch den Schiffsarzt konsultieren. Außerdem sollten Sie bis zum Ende Ihrer Reise weiterhin Ibuprofen nehmen."

Sie nickte.

„Das hilft gegen die Entzündung und verhindert Blutgerinnsel."

Erneut senkte sie ihr Kinn zu einem Nicken.

„Sollten wir sonst noch etwas beachten?" Es lag eigentlich nicht in Kents Verantwortung, danach zu fragen, aber es schadete nie, sich doppelt abzusichern.

Ein Klopfen an der Tür ließ Jo vom Sofa aufspringen und durch den weitläufigen Wohnbereich hasten. Das Klopfen ertönte erneut. „Ich komme!"

„Wer ist es?" Ginnie richtete sich in dem Sessel auf, in dem sie eingeschlafen war.

„Ich weiß es noch nicht."

Sie waren bis in die frühen Morgenstunden wach gewesen und hatten erfolglos versucht, sich keine Sorgen um ihre Schwester zu machen. Mina war immer die Verantwortungsbewusste von ihnen gewesen. Nicht, dass sie und Ginnie verantwortungslos gewesen wären; es war nur so, dass Mina manchmal fast mehr Mutter als Schwester für sie war. Obwohl Mina zu versuchen schien, auf dieser Reise weniger zurückhaltend zu sein, spontaner, wie sie es ausdrückte, war es mehr als untypisch für sie, dass sie nicht rechtzeitig aufs Schiff zurückgekehrt war; und obwohl die Crew ihnen versichert hatte, dass der Grund für eine verpasste Abfahrt in den meisten Fällen vollkommen harmlos war, sorgten sich Jo und sie nicht nur, weil Mina nicht rechtzeitig aufs Schiff zurückgekehrt war, sondern auch, weil sie nicht an ihr Handy ging.

Vor der Kabinentür stand ein Mann in weißer Uniform mit Schulterklappen und hielt ein Blatt Papier in der Hand. „Guten Morgen. Sind Sie Miss Ummarino?"

Jo nickte.

„Dies ist für Sie. Wir haben die Nachricht vor Kurzem erhalten."

Jo faltete die Seite auseinander, überflog die Zeilen darauf und atmete zum ersten Mal, seit sie gestern Abend aus dem Hafen ausgelaufen waren, erleichtert auf. Sie drehte sich zu ihrer Schwester um und wedelte mit dem Blatt Papier. „Es geht um Mina."

Ginnies verschlafene Augen weiteten sich, als sie vom Sessel aufsprang und zu ihrer Schwester rannte. „Was ist passiert? Geht es ihr gut?"

„Ja." Jo reichte ihrer Schwester den Zettel und wandte sich dann dem Mann zu, der immer noch an der Tür stand, um sich zu bedanken. „Wir wissen es sehr zu schätzen, dass Sie uns die Nachricht so schnell vorbeigebracht haben."

Er lächelte sie mit schief gelegtem den Kopf an und murmelte: „War mir ein Vergnügen." Als Jo die Tür schloss, hatte sie das deutliche Gefühl, dass er damit nicht nur das Vergnügen gemeint hatte, ihnen die Nachricht zu bringen.

Ginnie hielt die Notiz fest umklammert und starrte darauf. „Ich frage mich, ob sie sich den Kopf gestoßen hat?"

„Was ist das denn für eine Frage?"

„Hast du gelesen, was hier steht?"

„Natürlich habe ich das. Alles ist gut, sie hatte einen Fahrradunfall."

„Und …“

„Und was?“

„Lies noch mal.“ Ginnie drückte ihrer Schwester das Blatt in die Hand.

Jo überflog rasch erneut die Seite. „Wer ist Ramon?“

„Oh Mann!“ Ginnie warf die Arme in die Luft. „Lies laut vor.“

„Verspätung durch Fahrradunfall. Allen geht es gut. Mr. und Mrs. Harwood werden im nächsten Hafen auf das Schiff warten. Ramon Garza.“

„Und?“

„*Mr.* und *Mrs.* Harwood“, sagte Ginnie überdeutlich. „Sie müssen geheiratet haben.“

„Was?“ Jo sah sich die Notiz noch einmal an. Sie hatte sie so schnell überflogen, dass sie die Mrs. neben Kents Namen gar nicht registriert hatte. „Heilige …“

„Sie muss sich den Kopf gestoßen und den Typen geheiratet haben.“

„Oder sie hat ihn geheiratet und sich anschließend den Kopf angeschlagen.“

„Was?“ Ginnie verdrehte schon wieder die Augen. „Nichts davon ergibt einen Sinn.“

Ginnie ließ sich auf ein Sofa fallen. „In Vegas passiert so was ständig. Die Leute lassen sich von der Aufregung und der Atmosphäre mitreißen …“

„Und vergiss den Alkohol nicht. In Vegas ist immer viel Alkohol im Spiel.“

Ginnie riss den Kopf hoch. „Und das weißt du woher so genau?“

Jo grinste ihre mittlere Schwester an und zuckte mit den Schultern. „Vielleicht ist es ein Scherz?“

„Ein *Scherz*?“

„Nun, sie hat erwähnt, dass sie abenteuerlustiger sein möchte. Spontaner. Einen fast Fremden zu heiraten, mit dem sie sich immerhin sehr gut zu verstehen scheint, würde definitiv dazu passen."

„Das würde Ziplining auch tun!" Ginnie gestikulierte wild mit den Armen, während sie in der Suite auf und ab lief. „Das muss ein Tippfehler sein. Ein Missverständnis. Oder?"

„Wenn es kein Missverständnis ist – falls sich unsere Schwester von der Romantik der Insel mitreißen lassen hat –, gibt es Hochzeitskapellen auf dieser Insel? Ich meine, würden sie keine Lizenz brauchen? Gäbe es keine Wartezeit? Irgendetwas in der Art?"

„Ich weiß es nicht. Der Reiseleiter hat nichts in die Richtung erwähnt. Aber karibische Inseln sind sehr beliebt für Hochzeiten im Ausland." Ginnie setzte sich auf das bequeme Sofa. „Meinst du, es könnte wirklich sein?"

„Wow." Jo ließ sich neben ihre Schwester fallen und griff nach dem Zettel. Als sie ihn noch einmal las, blieb ihr Blick an *Mr. und Mrs. Harwood* hängen. „Einfach wow."

„Bei Kents Handy springt immer noch direkt die Mailbox an." Jim trat durch die Kabinentür und schloss sie hinter sich. „Und *wow* was?"

Jo hielt ihm die Nachricht hin. „Sie haben geheiratet."

„Wer hat geheiratet?"

„*Wer*? Wer hat denn gestern das Schiff verpasst? Kent und Mina."

„Was?" Jim las die kurze Notiz und ließ sich ihnen gegenüber auf einen Sessel sinken. „Oh wow."

„Sag ich doch." Ginnie lehnte sich zurück und verschränkte die Arme. „Was jetzt?"

Jim schüttelte den Kopf. „Das ergibt überhaupt keinen Sinn. Ich meine, er hat oft darüber gesprochen, wie glücklich sein Bruder seit der Hochzeit ist. Und ich hatte schon einen Verdacht, dass er völlig hin und weg von Mina ist. Aber gleich abzuhauen, um zu heiraten?"

„Hin und weg?" Ginnie richtete ihren Blick auf Jim. „Benutzt man den Ausdruck überhaupt noch?"

„Ich schon." Jim lächelte sie an. „Und ich denke auch, dass ich zusehen sollte, dass ich heute Nacht eine gute Mütze Schlaf bekomme. Wenn das Brautpaar zurückkehrt, werde ich garantiert aufs Sofa verbannt."

„Brautpaar", murmelte Ginnie. „Das ist wirklich seltsam."

„Das wird nicht lange halten", bemerkte Jo mit einem Seufzen.

„Warum sagst du das?"

„Sobald Mom herausfindet, dass ihre erstgeborene Tochter geheiratet hat, ohne dass sie dabei war …" Jo ließ den Rest des Satzes in der Luft hängen.

Ginnies Blick weitete sich. „Mom wird sie umbringen."

Jo nickte. „Oder ihn."

„Oh Mann", Ginnie schüttelte den Kopf, „ich glaube, ich brauche einen Drink."

„Es ist gerade mal neun Uhr morgens."

„Unsere Schwester ist quasi mit einem Fremden durchgebrannt. Unsere ältere verantwortungsbewusste Schwester."

„Du hast recht." Jo nickte.

„Hat sie?" Es war nicht sonderlich verwunderlich, dass Jim so überrascht war – im Gegensatz zu dem, was er an alkoholischen Getränken konsumierte, lebten sie sozusagen abstinent.

„Ich meine nicht den Drink, sondern die Vermutung, dass sich unsere Schwester den Kopf gestoßen haben muss."

„Was mich zu meiner ursprünglichen Frage zurückbringt." Ginnie legte die Nachricht auf einen Beistelltisch. „Was können wir jetzt tun?"

„Wie fühlst du dich?"

Mina wackelte mit den Fingern, erfreut darüber, dass kein heftiger Schmerz ihren Arm hinaufschoss. „Es tut nicht mehr so weh."

„Aber es tut noch weh?" Besorgnis zeichnete sich aufs Kents Gesicht ab.

„Das war zu erwarten." Der Arzt schloss seine Tasche. „Was sie sich im Sturz gerissen hat, muss erst noch heilen."

„Aber es wird heilen?" Das Letzte, was Mina brauchte, war eine Verletzung, die operiert werden musste.

„Das wird es. In diesem Sinne mache ich mich auf den Weg." Der Arzt lächelte sie an und wandte sich Richtung Tür. Cecilia folgte ihm.

Ramon setzte sich auf einen Stuhl am Esstisch. „Und jetzt überlegen wir, was als Nächstes zu tun ist."

„Wir sollten in die Stadt fahren. Unsere Rückkehr auf das Schiff arrangieren." Das war der logische nächste Schritt. Obwohl Mina sich wünschte, sie hätte zuerst ihre eigene saubere Kleidung, um sich nach einer Dusche umzuziehen.

„Ich habe mich bei der Hafenbehörde erkundigt. Anscheinend kommt es häufiger vor, dass jemand sein Schiff verpasst." Ramon lachte. „Im Hotel in der Innenstadt sind sechs weitere Passagiere untergebracht, die nicht rechtzeitig zum Auslaufen zurück waren."

„Du machst Witze!" Mina konnte nicht glauben, dass sechs weitere Passagiere ebenfalls Fahrradunfälle gehabt hatten. „Warum haben all diese Leute die Abfahrt verpasst?"

„Ich habe nicht gefragt, aber ich weiß, dass es einen Charterservice gibt, der regelmäßig Passagiere zum nächsten Hafen ihrer Kreuzfahrtgesellschaft fliegt. Euer Schiff wird erst morgen im nächsten Hafen einlaufen."

Kent nickte. „Heute ist das Schiff den ganzen Tag auf See."

„Ihr müsst euch nur entscheiden, ob ihr heute später am Tag oder morgen früh fliegen möchtet."

„Das könnt ihr entscheiden, nachdem ihr euch frisch gemacht habt." Cecilia hielt einen Stapel Kleider in den Armen. „Du bist ungefähr so groß wie meine Tochter, Mina. Etwas davon sollte dir also passen. Ich wasche jetzt deine Kleidung von gestern, damit du sie morgen sauber mit aufs Schiff nehmen kannst."

„Morgen?" fragte Kent.

„Nun ja." Das Grinsen auf Cecilias Gesicht wirkte vollkommen selbstverständlich. „Warum wollt ihr in einem unpersönlichen Hotel übernachten, ganz zu schweigen von den Kosten, die dafür anfallen, wenn ihr genauso gut noch einen Tag bei uns bleiben könnt? Außerdem hat der Arzt gesagt, dass dir warmes Salzwasser guttun würde, und davon haben wir hier reichlich." Cecilias Grinsen wurde breiter. „Und wir haben jede Menge Badekleidung für euch zur Auswahl."

Kent warf Mina einen Blick zu.

Mina stand die Überraschung deutlich ins Gesicht geschrieben, doch Cecilia fuhr bereits fort. „Wenn man in der Nähe vom Meer lebt, sammelt sich mit der Zeit automatisch ziemlich viel Schwimmkleidung an, um die ganze Familie zu versorgen, und in der kommen die unterschiedlichsten Größen vor. Mina, du hast die Wahl zwischen Zwei- und Einteilern." Sie wandte sich an Kent. „Tut mir leid, aber für dich habe ich nur eine ganz gewöhnliche Badehose im Angebot."

Wieder blickte Kent zu Mina. Sie konnte in seinen Augen lesen, dass er ihr die Entscheidung überließ.

Und als er leicht nickte und die Mundwinkel hob, erkannte sie, dass er ahnte, wie sie sich entschieden hatte. War sie jemals mit jemandem ausgegangen, dem es so leichtfiel, ihr anzusehen, was sie dachte? Sie hatte weiß Gott genug Dates mit Männern gehabt, die nicht mal zu ahnen schienen, was sie meinte, selbst wenn sie es ihnen geradeheraus mitteilte. Daran könnte sie sich definitiv gewöhnen.

Gewöhnen? Wovon zum Teufel redete sie da? Sie kannte ihn kaum, geschweige denn dass sie ihn datete. *Oder*?

KAPITEL 12

Es gab viele Dinge, die Kent ansprachen, ein Spaziergang entlang eines Sandstrandes gehörte definitiv dazu. Dass es ein Spaziergang zusammen mit Mina war, machte es nur noch besser.

„Wie weit noch?", rief Mina Ramon und Cecilia zu, die Händchen hielten und kicherten wie zwei Teenager beim ersten Date.

„Nur noch um diese Biegung", rief Ramon zurück.

„Sie sehen süß aus, nicht wahr?" Mina trug einen großen Schlapphut, den Cecilia ihr geliehen hatte, und lächelte sehnsüchtig. „Meine Eltern sehen manchmal auch so zusammen aus."

„Nur manchmal?"

Sie zuckte mit den Schultern. „Meistens halten sich meine Eltern nicht einmal im selben Zimmer auf. Sie leben nach der alten Schule: Sie werkelt in der Küche und er irgendwo anders."

„Das ist auch häufig in der *neuen Schule* der Fall."

Ihr Lächeln wurde breiter. „Versteh mich nicht falsch, das war keine Beschwerde. Das Haus meiner Eltern ist immer voller Menschen. Oft Familie, manchmal Freunde oder Nachbarn und häufig alle zusammen. Es gibt immer viel Lärm. Alle sprechen gleichzeitig, und wenn es im Raum zu laut wird, reden einfach alle lauter." Sie kicherte. „Aber es wird trotzdem immer gelacht, es gibt viel Liebe und jede Menge Spaß. Auch wenn die Frauen die Männer aus der Küche scheuchen.“

„Ich wette, die Mahlzeiten, die aus dieser Küche kommen, sind ein Traum.“

„Mom und ihre Schwestern sind die besten Köchinnen der Welt. Meine Großmutter war eine gute Lehrerin.“

„Kochen du und deine Schwestern auch?“

Diesmal lachte sie noch lauter. „Wir würden aus der Familie ausgeschlossen, wenn wir nicht kochen könnten.“

„Ich habe das Gefühl, dass bei all der Liebe, die es in eurer Familie gibt, die Toleranz groß wäre, wenn eine von euch nicht so gut kochen könnte wie deine Mutter.“

Immer noch lächelnd nickte Mina. „Da hast du natürlich recht. Aber wie dem auch sei, hin und wieder, wenn sie sich unbeobachtet fühlen, bemerken wir, dass Mom und Dad sich schüchtern anlächeln, Händchen halten oder sogar einen Kuss geben.“ Sie deutete mit dem Kinn auf Ramon und Cecilia. „Genau wie die beiden.“

Kent wünschte, er könnte das Gleiche über seine Eltern sagen. Sie verbrachten mehr Zeit damit, sich wie die sprichwörtliche Katze und der Hund zu kämpfen, als nett zueinander zu sein. Natürlich war das nicht die ganze Zeit so. Tatsächlich, jetzt wo er darüber nachdachte, stritten sich seine Eltern nicht annähernd mehr so viel wie damals, als er und sein Bruder noch Kinder gewesen waren. Vielleicht waren sie mit dem Alter milder geworden.

„Da wären wir.“ Ramon setzte sich auf einen großen Stein und zog seine Schuhe aus. „Das ist die einzige Art zu leben.“

Seine Frau trat zu ihm, küsste ihn auf die Nase und hielt sich mit einer Hand den Hut fest, der ihr fast vor einem Windstoß vom Kopf geweht worden wäre; dann zog sie sich ebenfalls die Schuhe aus. „Beeilt euch. Wir haben eine kleine Überraschung für euch."

„Sie sind wirklich ein süßes Paar." Kent verspürte den unerwarteten Drang, Minas Hand zu ergreifen und weiter mit ihr am Strand entlangzuspazieren. „Könntest du dir vorstellen, einfach so zwei Fremde aufzunehmen? Und das nicht nur für eine Nacht, sondern gleich für zwei?"

Mina kicherte. „Ja, kann ich. Solange sie nicht wie Axtmörder aussehen."

„Und wie genau, wenn ich fragen darf, sehen Axtmörder aus?"

Mina ließ sich im Gehen die Füße von den Wellen umspülen, legte den Kopf schief und blickte ihn grinsend von der Seite an. „Gefährlich."

Kent brach in Gelächter aus. „Natürlich."

Nur ein kurzes Stück entfernt von der Stelle, wo Cecilia und Ramon bei einem großen Felsvorsprung angehalten hatten, wandte Kent seinen Blick von Mina ab und sah sich um, wohin ihre Gastgeber sie genau geführt hatten. Doch es war ein Fehler gewesen, Mina aus den Augen zu lassen. Er drehte sich gerade wieder rechtzeitig zu ihr um, um zu sehen, wie sie sich vorbeugte, als gerade eine Welle an Land stürzte. Das Problem war, dass er zu lange brauchte, um zu begreifen, dass sich seine süße, verantwortungsbewusste und fürsorgliche Mina nicht nur vorbeugte, um eine Muschel aufzuheben oder eine Hand ins Wasser zu halten. Nein, die Frau pflügte mit dem ganzen Arm durch die Brandung und spritzte ihn nass.

„Oh, das gibt Rache."

Lachend und kichernd rannte sie davon, nur um kurz darauf ihre Schritte wieder zu verlangsamen und mit beiden Händen mehr Wasser zu schöpfen, mit dem sie ihn erneut bespritzte. Offensichtlich ging es ihrem Ellbogen sehr viel besser.

Beinahe in vollem Lauf schöpfte er ebenfalls Wasser in ihre Richtung, wobei er beinahe über seine eigenen Füße stolperte und genauso laut lachte wie sie.

„Netter Versuch", rief sie, sprintete voraus und drehte sich um, um ihn erneut zu bespritzen.

Kent verdoppelte sein Tempo, benutzte beide Hände, um sie nass zu machen, und als sie langsamer wurde, um seinen Angriff zu kontern, machte er einen Satz nach vorne und hob sie stattdessen hoch.

Überrascht quietschte sie auf und fing dann wieder an zu lachen. „Lass mich runter!"

Er hielt sie über die Wellen. „Bist du dir da sicher?"

Schnell schlang sie die Arme um seinen Hals. „Nein!"

Er drehte sich auf der Stelle und tat so, als würde er Schwung holen, um sie in die Wellen zu werfen.

„Kent Harwood! Wag. Es. Nicht."

Er lachte noch lauter und genoss es, sie in seinen Armen zu halten. Anschließend sah er ihr in die funkelnden Augen. „Wenn ich dich absetze, haben wir dann einen Waffenstillstand?"

„Hmm." Sie verzog den Mund und blickte nachdenklich in den Himmel. Als er sich leicht vorbeugte und sie wieder über das Wasser hielt, festigte sie ihren Griff um seinen Nacken und schrie praktisch: „Waffenstillstand!"

Immer noch lachend setzte er sie vorsichtig ab. „Das habe ich gebraucht."

„Was genau?" Sie wischte sich den Sand von den Händen. „Das schöne Geschlecht zu bedrohen?"

Die Hände auf den Knien atmete er tief durch und blickte zu ihr hoch. „Zu lachen."

„Oh, das." Sie rieb ihre Hände aneinander und blickte in die Richtung, in die Ramon und Cecilia verschwunden waren. „Wir sollten wahrscheinlich besser mal nach den beiden suchen.“

Kent stand noch immer vorgebeugt da und rang keuchend nach Atem, doch nun nickte er und richtete sich auf. „Ich bin gespannt, was die Überraschung ist.“ Er holte noch einmal tief Luft und beschloss, etwas zu riskieren, indem er ihr seine Hand hinhielt.

Zuerst war er sich nicht sicher, ob das, was er in ihrer Miene las, Verwirrung oder Besorgnis war, aber als sie ebenfalls die Hand ausstreckte und ihre Finger mit seinen verschränkte, war er kurz davor, jubelnd eine Faust in die Luft zu recken und einen Siegesschrei auszustoßen. Er wusste, dass es nicht lange andauern würde, aber so lange es das tat, war das Leben sehr schön.

Mina konnte sich nicht erinnern, wann sie das letzte Mal so laut gelacht hatte. In Wahrheit konnte sie sich nicht einmal erinnern, wann sie das letzte Mal so viel Spaß gehabt hatte, und das nicht nur als sie sich eben nassgespritzt hatten, sondern in jeder Minute, die sie bisher mit Kent verbracht hatte. Sogar von der Straße abgekommen zu sein, war bei Weitem nicht so schlimm gewesen, weil er bei ihr gewesen war. Und als er ihr seine Hand hinhielt, fühlte es sich genau richtig an, sie zu nehmen und festzuhalten.

Cecilias Kopf tauchte über einem Felsen auf. „Alles gut bei euch?“

„Sorry“, Kent zuckte entschuldigend mit den Schultern, „wir kommen.“

Als sie die Felsen erreichten, hinter denen Ramon und Cecilia standen, erkannte Mina, dass sich auf der anderen Seite eine kleine Bucht befand. Das andere, was ihr klar wurde, war, dass sie Kents Hand nicht loslassen wollte.

„Oh, gut." Ramon stand hinter seiner Frau. „Gerade rechtzeitig."

Kent führte sie die Felsen hinauf, ihre Hand weiterhin fest in seiner. Hinaufzuklettern war leichter, als auf der anderen Seite herunterzukommen, und Mina war noch dankbarer, dass er sie nicht losließ.

„Am besten stellt ihr eure Schuhe ein Stück weiter oben ab." Cecilia deutete in ihre Richtung.

Mina nickte, zog ihre Schuhe und das übergroße T-Shirt aus, das sie über ihrem Badeanzug trug, und drapierte alles auf einem höher gelegenen Stein. Als sie ihren Gastgebern folgte, erkannte sie, dass sich das Wasser hier fast wie in einen privaten Pool ergoss, der auf drei Seiten vor dem offenen Meer geschützt war.

Sobald sie unten in der Bucht angekommen waren, ließ Kent ihre Hand los. Natürlich brauchte Mina seine Hilfe nicht mehr. Sie drückte ihren verletzten Arm an die Brust und folgte Kent zu der Stelle, wo Roman und Cecilia im Wasser standen. Der Arzt hatte recht gehabt; sobald das Wasser über ihren Ellbogen spülte, entlasteten die Wärme und der Auftrieb ihn so sehr, dass sie fast vergaß, dass sie überhaupt verletzt war. Fast wie eben, als sie so hatte lachen müssen.

„Das sind sozusagen unsere eigenen kleinen heißen Quellen." Cecilia ließ sich auf dem Rücken treiben und blickte zum Himmel hinauf.

„Falls ihr lieber sitzen möchtet – dort hinten wird das Wasser flacher", Ramon deutete zur Rückseite der Bucht. „Je näher man dem Meer kommt, desto tiefer wird es."

Mina nickte, grub ihre Zehen in den Sand und hob ihr Gesicht, um die Wärme der Sonne darauf zu spüren. Ein Teil von ihr wollte sich wie Cecilia treiben lassen, ein anderer einfach ihren Arm ins warme Wasser getaucht halten, und wieder ein anderer Teil wollte wie ein verirrter Welpe Kent folgen, wohin er auch ging.

„Ah, da kommen sie." Sobald Ramon den Satz ausgesprochen hatte, richtete sich seine Frau auf und stellte sich neben ihn.

„Das wird euch gefallen." Cecilia grinste sie an.

Mina war sich nicht sicher, worüber das Paar sprach, und schaute über die Felsen in die Richtung, aus der sie gekommen waren, weil sie vermutete, dass noch andere Leute im Anmarsch waren. Doch weit und breit war niemand in Sicht. Sie wandte den Kopf zurück zu Kent und fragte sich, wer wohl kam, als sie die Bewegung im Wasser wahrnahm. Ein paar Sekunden später tauchte eine kleine Flosse aus dem Wasser auf. Als junge Frau aus der Stadt dachte sie sofort an Haie. Dann übernahm langsam ihr gesunder Menschenverstand die Führung und sie realisierte, dass es sich um einen Delfin handeln musste.

Kaum dass sie nach der überraschenden Erkenntnis vor Erstaunen wieder zu Atem gekommen war, tauchte direkt vor dem Eingang zur Bucht ein weiterer Delphin auf und drehte eine scheinbar perfekte Pirouette, bevor er zurück ins Wasser platschte. Und da wurde Mina klar, dass es sich nicht nur um ein oder zwei Delfine handelte, sondern vermutlich um eine ganze Delfinschule. „Wow."

Mina war vielleicht diejenige, die ihre Verwunderung laut artikulierte, aber das Lächeln auf Kents Gesicht und seine großen Augen verrieten, dass er von den freundlichen Besuchern genauso überrascht und beeindruckt war wie sie.

„Hallo, Miss Margaret", sagte Ramon leise zu einem der Tiere, das um ihn herum schwamm. Mina war sich nicht ganz sicher, aber für sie sah es fast so aus, als wäre der Delfin ganz bewusst zu Ramon getaucht, um ihn mit einem Spritzer seiner Schwanzflosse zu begrüßen.

Während Ramon mit Miss Margaret interagierte, kreiste ein anderer Delfin um Mina.

„Sie werden dir nichts tun", sagte Cecilia lächelnd. „Das ist Herman, Margarets Kumpel."

Immer mehr Delfine schwammen in die Bucht, bis vier oder fünf um sie herum tauchten, mit ihren Körpern ihre Beine streiften oder ihre Hüften anstupsten. Immer wieder entfernten sie sich ein Stück, um kurz darauf planschend und Wasser aufspritzend zurückzukehren. Noch nie in ihrem Leben hatte Mina so viel Spaß daran gehabt, durchnässt zu werden.

„Haben sie alle einen Namen?", fragte Kent, der die Arme an seinen Seiten hielt.

„Wir erkennen nur Margaret und Herman wieder. Margaret hat eine kleine Kerbe in der Rückenflosse und Herman eine Narbe auf der Nase." Cecilia deutete auf die beiden Tiere. „Margaret sind wir zum ersten Mal begegnet, als ein Netz an ihrer Flosse hing. Ramon hat sie losgeschnitten."

„Kurz darauf ist Margaret zu Besuch gekommen und wie verrückt im Kreis um uns herum geschwommen. Ramon ist ihr gefolgt und hat Herman in eine Fischerleine verfangen vorgefunden. Er war in keiner guten Verfassung."

„Dann hat Ramon ihn auch losgeschnitten?"

Cecilia nickte. „Seitdem sind wir alle gute Freunde. Ich bin immer wieder überrascht, dass sie zu wissen scheinen, wann wir hier sind." Cecilia spritzte einem der Delfine Wasser entgegen und blickte dann zu Mina auf. „Gefällt euch die Überraschung?"

Mina grinste und nickte mit dem Kopf wie ein Kinderspielzeug. „Sehr sogar."

Besonders ein Delfin, zumindest glaubte sie, dass es immer derselbe war, schwamm wieder und wieder an ihr vorbei und streifte dabei jedes Mal vorsichtig ihre Hüfte.

„Er weiß, dass du verletzt bist", rief Ramon von der anderen Seite der Bucht. „Deshalb ist er in deiner Nähe besonders vorsichtig."

„Du bist ja süß."

„Wenn du deine geöffnete Handfläche ins Wasser hältst, wird er wahrscheinlich auf dich zukommen und deine Hand mit seiner Nase stoßen."

„Wirklich?" Mina atmete tief ein, spreizte die Finger und ließ ihre unverletzte Hand ins Wasser sinken.

Tatsächlich kam ihr neuer Freund innerhalb kürzester Zeit auf sie zugeschwommen und stieß ihre Hand mit seiner Nase an. Und um die Sache noch lustiger zu machen, erhob er sich direkt danach ein Stück aus dem Wasser, wich zurück, schüttelte den Kopf und stieß die allerniedlichsten Delfinlaute aus. Es war, als würde er ihnen beiden dazu gratulieren, dass sie einander sozusagen Hand und Nase geschüttelt hatten.

„Unglaublich", murmelte Mina leise. *Einfach unglaublich.*

Mit nur einem gesunden Arm war Mina deutlich im Nachteil. Während Kent und die anderen tauchten und schwammen und regelrecht mit den Besuchern spielten, stand sie einfach mitten in der Bucht und grinste die Delfine an, die um sie herum schwammen. Für einen Moment wanderten ihre Gedanken zu ihren Schwestern auf dem Schiff. Sie fragte sich, wie Jos Tauchbemühungen liefen und ob Jo genauso viel Spaß hatte wie sie. Vielleicht hatte sie recht und Tauchen mit einer Sauerstoffflasche war doch keine so schreckliche Sache. Sie hatte immer geglaubt, ein angenehmes, erfülltes Leben zu führen, aber sie war sich ziemlich sicher, dass nichts, was sie je getan hatte, so viel Spaß gemacht hatte, wie mit Delfinen zu spielen.

Mitten in all dem Gekicher und Lachen und Planschen sprang einer der Delfine auf und landete mit

einem Platschen neben ihr – und Sekunden später tat
Kent das Gleiche. Wie ein Geysir tauchte er aus dem
Wasser auf, schwamm neben sie, schüttelte den Kopf
wie ein nasser Hund und bespritzte sie dabei mit
warmem Salzwasser. Worauf sie so heftig lachen
musste, dass es das erschrockene Kreischen in ihrem
Hals erstickte.

Kent wischte sich das Wasser aus dem Gesicht.
„Wie geht's?"

„Großartig."

„Das ist eine verdammt gute Art, einen Nachmittag
zu verbringen."

„Auf jeden Fall eine große Motivation, sich auf
einer Insel weit weg vom Rest der Welt zur Ruhe zu
setzen."

„Ich bin dabei." Er neigte seinen Kopf in ihre
Richtung, schüttelte erneut sein Haar und spritzte ihr
damit Wasser ins Gesicht. „Möchtest du dich immer
noch auf eine kleine Insel zurückziehen?"

Sie nickte. „Auf jeden Fall." Und tatsächlich, wenn
der heutige Tag bis in alle Ewigkeit andauern würde,
hätte sie absolut nichts dagegen gehabt.

KAPITEL 13

Das Taxi parkte am strahlenden frühen Morgen vor dem Haus, um Mina und Kent zum Flughafen der kleinen Insel zu bringen. In der Ferne tanzte die aufgehende Sonne auf dem Ozean.

Kent trank den letzten Schluck seines Kaffees. So viele Dinge, die Menschen an diesem Ort würden schwer zu vergessen sein. Vor allem ein Mensch. „Woran denkst du gerade?"

„Der Sonnenaufgang ist so schön. Ich bin hin- und hergerissen zwischen dem Bedürfnis, meine Schwestern wiederzusehen, und dem Wunsch, zu bleiben und die Leute hier besser kennenzulernen."

Das konnte er zwar verstehen, aber was ihn betraf, gab es nur eine Person, die er wirklich besser kennen lernen wollte. Andererseits wusste er, wenn er ehrlich zu sich selbst war, bereits genug über Mina Ummarino, um zu wissen, dass sie ihm etwas bedeutete. Sehr viel sogar. Die Frage war, was er mit dieser Erkenntnis anfing.

„Es war schön, euch bei uns zu haben." Cecilia stand in der offenen Tür. „Wenn ihr jemals wieder herkommt, dann müsst ihr uns unbedingt besuchen."

„Auf jeden Fall. Das verspreche ich." Mina beugte sich vor und drückte ihrer Gastgeberin einen Kuss auf die Wange. „Wir hatten eine wunderschöne Zeit. Vielen Dank!"

„Dem kann ich mich nur anschließen." Kent

streckte die Hand aus, um Ramons zu schütteln. „Ich wünschte, wir könnten länger bleiben. Wenn ihr jemals in den USA seid, meldet euch unbedingt bei uns.“

Obwohl ihre Gastgeber zustimmend nickten, wusste er, dass sie sich wahrscheinlich nie wiedersehen würden. Genauso wie er wusste, dass er die letzten zwei Tage niemals vergessen würde.

Er deutete auf das Taxi. „Bereit?“

„Nicht wirklich, aber wir sollten langsam los.“

Sie setzten sich auf die Rückbank und winkten ihren Gastgebern, die in der Tür standen, zum Abschied, bis das kleine Haus und die beiden Menschen aus ihrem Blickfeld verschwanden.

„Ich werde sie vermissen.“ Kent lehnte seinen Kopf zurück. „Und diese Insel auch.“ Und in wenigen Tagen zudem die Frau, die in diesem Moment neben ihm saß.

„Ich frage mich, wie es Jo und Ginnie geht.“

„Wahrscheinlich amüsieren sie sich. Besonders Jo mit ihrem Tauchunterricht.“

Mina lachte. „Das hatte ich tatsächlich ganz vergessen. Ich frage mich, ob sie Ginnie überredet hat mitzumachen.“

„Glaubst du, das könnte ihr gelungen sein?“

Mina zuckte mit den Schultern. „Normalerweise würde ich die Frage mit Nein beantworten, aber nach den letzten paar Tagen glaube ich, dass ich besser verstehe, was es bedeutet, das Unerwartete zu erwarten.“

„Wie wahr.“

Das Taxi fuhr um die Kurve, und die kleine Hafenstadt kam in Sicht.

„Ich dachte, der Ort wäre weiter entfernt.“

„Im Auto scheint einem immer alles näher zu liegen. Wenn wir die Strecke hätten laufen müssen, wäre sie uns vermutlich sehr lang vorgekommen.“

Mina kicherte. „Da hast du recht."

„Willst du versuchen, ein Handy zu kaufen, bevor wir zurück aufs Schiff gehen?", fragte Kent.

„Das hätte ich erst überlegt. Aber ich denke, das ist nicht nötig. Du hast ja dein Smartphone dabei, und außerdem ist der Empfang sowieso wahnsinnig schlecht. Ich kann genauso gut auf dem Schiff eins kaufen."

Kent nickte. „Dann lassen wir das mit der Shopping-Tour."

Der Taxifahrer hielt auf einem kleinen Parkplatz außerhalb des Terminals. Auf dem Rollfeld stach Kent besonders ein Flugzeug ins Auge. Seit seiner Reise nach Big Island hatte er kein Verkehrsflugzeug gesehen, das über eine Rollleiter vom Flugfeld aus zu erreichen war. Man vergaß heutzutage leicht, dass moderne Gangways, über die die die Menschen direkt in das Flughafenterminal entlassen wurden, weltweit nicht alltäglich waren.

Bis zu ihrem Abflug hatten sie weniger als eine Stunde, also verschwendeten sie keine Zeit. Nachdem sie ihre Plätze gebucht und bezahlt und alles mit dem Fahrradverleih geklärt hatten, schlenderten sie ein wenig herum und Mina blieb vor dem ein oder anderen kleinen Laden stehen, um einen Blick auf die angebotenen Souvenirs zu werfen.

„Ich wünschte, ich hätte daran gedacht, Ramon ein paar von seinen Treibholzstücken abzukaufen."

„Sieh die positive Seite daran, so hast du eine Entschuldigung, gemeinsam mit deinen Schwestern wiederzukommen."

Ihre Mundwinkel verzogen sich zu einem süßen Lächeln. „Ich frage mich, ob es in diesem Ort ein schönes Hotel gibt."

„Glaubst du wirklich, dass Ramon und Cecilia zulassen würden, dass ihr in einem Hotel übernachtet?"

Mina warf lachend die Arme in die Luft. „Stimmt, wie konnte ich nur auf so eine abwegige Idee kommen?"

Der Lautsprecher an der Decke verkündete, dass ihr Flug nun zum Einstieg bereit sei. Mina schob ihre Tasche auf der Schulter höher und ging voraus.

Der Flug war kurz. Sie hatten kaum abgehoben und waren von ein paar Turbulenzen durchgerüttelt worden, als sie bereits wieder zur Landung ansetzten.

In vielerlei Hinsicht sahen die meisten Inseln sehr ähnlich aus: viel Grün, viele bunte Häuser, viel Strand und eine warme Meeresbrise. Doch diese Hafenstadt war etwas größer als die, aus der sie kamen.

Kent sah auf seine Uhr. „Das Schiff sollte in etwa einer Stunde in den Hafen einlaufen."

„Ich glaube sogar …" Mina hielt sich eine Hand an die Stirn, um ihre Augen zu beschatten. „Mir ist klar, dass hier viele Schiffe halten, aber ich glaube trotzdem, das da hinten ist unseres."

Kent folgte ihrem Blick und nickte. „Ich denke, du könntest recht haben. Man kann die Lounge mit Meerblick erkennen."

„Weißt du was?" Mina drehte sich zu ihm um, die Hand immer noch an der Stirn, ihr Grinsen ein wenig breiter. „Ich bin gerade sogar noch ein wenig aufgeregter als in dem Moment, in dem wir uns entschieden haben, die Kreuzfahrt zu machen."

„Wirklich, warum?"

„Nicht mal in meinen wildesten Träumen hätte ich mir ausmalen können, einen Tag wie den gestrigen zu erleben. Auch wenn ich lieber keine verrückten Unfälle mehr haben möchte, freue ich mich sehr darauf herauzufinden, was wohl der Rest dieser Kreuzfahrt für uns bereithält."

Für uns. Ihm gefiel der Klang dieser Worte. Obwohl er bezweifelte, dass Mina sie beide damit meinte. Höchstwahrscheinlich sprach sie von sich und ihren Schwestern. Was schade war. Ihm gefiel die Vorstellung, Teil ihres „uns" zu sein. Viel mehr, als er je gedacht hätte.

♡

„Und, was steht drauf?" Jo blickte über die Schulter ihrer Schwester auf die Nachricht, die ihnen ein anderer Steward als beim letzten Mal überbracht hatte. Anscheinend funktionierte die Schiff-Land-Kommunikation für die Kreuzfahrtgesellschaft viel besser, als es die Mobiltelefone der Passagiere taten.

„Nicht viel." Ginnie reichte ihr das Blatt Papier.

So viel zu erzählen. Hatten großartige zwei Tage. Wir sehen uns heute im Hafen.

„Sagt nicht besonders viel aus, oder?" Jo reichte die kurze Notiz an ihre Schwester zurück.

Ginnie starrte stirnrunzelnd auf die Seite. „Großartige zwei Tage. Wie in den Flitterwochen?"

„Nun", Jo zuckte mit den Schultern, „ich frage mich, was sie uns *vieles zu erzählen* hat. Zum Beispiel, warum zum Teufel sie das Schiff verpasst hat? Oder warum zum Teufel sie ohne uns geheiratet hat?"

„Glaubst du wirklich, dass sie geheiratet haben?" Ginnie studierte weiter die Seite, als könnten die wenigen Zeilen auf magische Weise anfangen, mit ihr zu sprechen. „Ohne uns?"

„Ich weiß es nicht. Für mich ergibt das alles genauso wenig Sinn wie für dich. Aber immerhin sind wir inzwischen angedockt. Sie werden uns sicherlich bald von Bord lassen. Sollen wir hier auf sie warten oder versuchen, sie im Hafen zu finden?"

Ginnie schüttelte den Kopf. „Keine Ahnung."

„Glaubst du, Jim weiß mehr?"

„Er ist gestern Nacht erst ziemlich spät zurück in die Suite gekommen. Ich gehe nicht davon aus, dass wir ihn in absehbarer Zeit zu Gesicht bekommen."

„So spät war es gar nicht", bemerkte Jim, der in den Wohnbereich trat, lächelte die beiden Schwestern an und kratzte sich mit einem herzhaften Gähnen am Hinterkopf. „Ich brauche dringend Koffein."

„Der Zimmerservice hat uns eine ganze Kanne Kaffee gebracht." Ginnie deutete zum Couchtisch. „Er könnte noch warm sein."

„Vielen Dank." Jim setzte sich auf das Sofa und goss sich eine Tasse des noch warmen, wenn auch nicht wirklichen mehr heißen Kaffees ein. „Genau das Richtige."

„Hast du was von Kent gehört?" Jo hatte sich ihm gegenüber auf einem Sessel niedergelassen.

Jim schüttelte den Kopf. „Nicht seit der seltsamen Nachricht, die wir erhalten haben, dass sie in Sicherheit sind."

Ein Klopfen ertönte an der Kabinentür. Da sie die Einzige war, die stand, überbrückte Ginnie die kurze Distanz und öffnete die Tür – auf dessen anderer Seite sie von einem großen Blumenstrauß begrüßt wurde. Hinter den Blumen verkündete eine männliche Stimme: „Lieferung für Mr. und Mrs. Harwood."

Bei den Worte schnellte Jos Kopf herum, um Ginnies erschrockenem Blick zu begegnen.

Rasch rief sich Ginnie innerlich zur Räson. „Vielen Dank. Ich nehme sie entgegen."

Der Steward überreichte ihr die Blumen.

„Gibt es eine Karte dazu?" Jo folgte ihrer Schwester zu dem Tisch, auf dem Ginnie die Blumen abstellte. „Was steht drauf?"

Ginnie funkelte ihre Schwester an. „Könntest du

mir bitte mal eine Sekunde Zeit lassen?"

Jim war ebenfalls aufgestanden und schaute Ginnie über die Schulter. „Ich bin neugierig wie Jo – was steht auf der Karte?"

Liebe Mina, lieber Kent, es war uns eine große Freude, euch in den letzten Tagen bei uns zu haben. Wir wünschen euch eine schönen restliche Reise und hoffen, dass ihr eines Tages wiederkommt. Alles Gute, Ramon und Cecilia.

Jo schaute auf den Umschlag, in dem die Notiz gesteckt hatte. „Mr. und Mrs. Harwood."

„Ich denke, das beantwortet alle unsere Fragen." Jim stieß einen leisen Pfiff aus. „Ich kann immer noch nicht glauben, dass sie geheiratet haben. Wie konnte mir entgehen, dass sich die beiden so stark zueinander hingezogen fühlen?"

Ginnie starrte die Blumen an. „Sie müssen sich angenähert haben, als sie dachten, niemand würde hinsehen."

„Was?" Jo hatte absolut keine Ahnung, wovon zum Teufel ihre Schwester sprach.

Ginnie betastete den Namen auf dem Umschlag und drehte sich zu ihrer Schwester um. „Das ist mir gleich am ersten Tag auf See aufgefallen. Dass sie ständig die Nähe des anderen suchen und sich anschauen, meine ich. Wann immer sie dachten, wir würden nicht hinsehen, hat Kent Mina beobachtet und umgekehrt. Mir war klar, dass die beiden Interesse aneinander haben, aber *das* habe ich nicht erwartet."

„Mom wird im Dreieck springen."

„Wenn sie nicht vorher einen Herzinfarkt kriegt." Ginnie holte tief Luft, ließ sie langsam wieder entweichen und setzte ein breites Lächeln auf. „Was auch immer ihre Gründe gewesen sein mögen, wir haben noch einiges zu tun, bevor sie wieder an Bord kommen.“

„Haben wir?“ Wieder einmal hatte Jo keine Ahnung, worauf ihre Schwester hinauswollte.

„Haben wir!“ Ginnie klatschte in die Hände und rieb sie mit mehr Enthusiasmus aneinander, als Jo nachvollziehen konnte. „Ich rufe den Concierge an.“ Mit diesen Worten wirbelte sie herum und rief Jim zu: „Und du ziehst dich an. Ich weiß nicht, wie viel Zeit wir haben, also sollten wir zusehen, dass wir in die Gänge kommen!“

Jim und Jo starrten Ginnie an, die bereits das Telefon in der Hand hielt und den Knopf für die Rezeption drückte. Was auch immer ihre Schwester vorhatte, sie war eindeutig im Befehlsmodus. Und in diesem Fall sollte man sich ihr tunlichst nicht in den Weg stellen.

„Da ist es.“ Mina deutete auf das Schiff im Hafen. „Es sieht hübscher aus, als ich es in Erinnerung hatte.“

Kent musste lachen. „Wenn du das sagst.“

„Du weißt, was ich meine.“ Das Schiff war angedockt, aber es stiegen keine Passagiere ein oder aus. Nach allem, was sie erkennen konnten, wurden bisher nur Lieferungen an Bord gebracht, allerdings nicht besonders viele. „Nachdem wir es verpasst haben, ist es schön, es zu sehen.“

Er nickte. „Ich verstehe, was du meinst. Obwohl ich mich nicht darauf freue, Jim wiederzusehen. Er wird mich gnadenlos damit aufziehen, das Schiff verpasst zu haben.“

„Warum? Es war schließlich nicht deine Schuld.“

„Nein, aber er hat mir gesagt, dass ich besser

keinen privaten Ausflug unternehmen sollte. Wären wir bei einer von unserem Schiff organisierten Tour mitgefahren, hätte man auf uns gewartet."

„Vielleicht." Sie dachte an die letzten zwei Tage zurück. „Ich glaube nicht, dass ich unseren Aufenthalt bei Ramon und Cecilia dagegen hätte eintauschen wollen." Oder die Zeit, um Kent besser kennenzulernen.

Rund um das Gebäude der Hafenbehörde öffneten die kleinen Läden und Imbisse, die sich auf den Ansturm von Touristen mit reichlich Geld für Schmuck und andere Souvenirs vorbereiteten. Am anderen Ende des Gebäudes entdeckte Kent ein kleines Café. „Sollen wir uns einen Kaffee holen, während wir warten?"

Sie wandte ihren Blick vom Schiff ab und sah in die Richtung, in die er zeigte. „Wenn es dir nichts ausmacht, würde ich lieber hier warten. Ich bin mir sicher, dass Sie uns sehr bald aufs Schiff lassen werden."

„Das ist für mich auch in Ordnung." Er deutete auf eine Bank in der Nähe des Geländers, das sie vom Dock trennte.

Sie hatten es kaum bis zur Bank geschafft, als das Sicherheitspersonal in Bewegung geriet.

„Sieht so aus, als würde gleich die Touristenflut über uns hereinbrechen."

Mina zog ihren Ausweis und ihre Schlüsselkarte aus der Tasche. „Sollen wir mal schauen, ob sie uns durchlassen?"

„Okay."

Mit der Karte in der Hand folgte Mina Kent zum ersten Wachmann an der Reling. Von dort aus mussten sie zwei weitere Sicherheitsbeamte passieren, bevor sie die letzte Tür zu den Docks erreichten, wo sie jemand von ihrem Schiff empfing.

„Mr. Harwood. Wie schön, dass Sie den Weg zu

uns zurück gefunden haben."

Kent nickte. „Können wir schon einsteigen?"

Der Mann nickte. „Ja, kein Problem, man erwartet sie. Obwohl Sie sich beim Einstiegen vermutlich ein bisschen wie Fische fühlen werden, die stromaufwärts schwimmen, während alle anderen stromabwärts wollen."

„Ich denke, wir werden es schaffen." Kent drehte sich zu Mina um und lächelte sie an. „Willkommen zu Hause, Schatz."

Mina brach in Gelächter aus, schlug ihre Absätze zusammen und wiederholte: „Nirgendwo ist es so schön wie zu Hause."

Am ersten Eingang wurden sie langsamer, nur um vom Schiffspersonal zur Gangway weiter unten am Dock geleitet zu werden.

„Ich denke, das ist besser, als zu versuchen, stromaufwärts zu schwimmen." Kent legte seine Hand auf ihren unteren Rücken und schob sie sanft weiter.

Kein Wunder, dass Mina sich wünschte, er würde seine Hand noch ein wenig länger dort verweilen lassen.

An der nächsten Schranke zeigte Kent seine Karte, und das Besatzungsmitglied sah ihn so lange an, dass Mina sich fragte, wonach er suchte. Dann steckte der Mann die Karte in den Laptop vor sich, sah auf den Bildschirm und lächelte zu Minas Erleichterung schließlich. „Willkommen an Bord, Mr. Harwood. Schön, Sie wiederzusehen."

„Vielen Dank." Kent trat vor, damit Mina dem Mitarbeiter ihre Schlüsselkarte geben konnte.

Der Mann lächelte sie an, ohne sie der gleichen ernsten Überprüfung zu unterziehen wie zuvor Kent. „Willkommen zurück, Mrs."

Mina nickte, da sie keinen Sinn darin sah, ihn zu korrigieren, dass sie nicht Kents Frau, sondern unverheiratet war. Noch überraschter war sie jedoch, als Kent die Hand ausstreckte und ihre ergriff. Erst eine ganze Minute später schaute er auf ihre verschlungenen Finger hinab und schien genauso verwundert wie sie, dass er ihre Hand hielt. Und noch überraschender war, dass er sie, als ihm klar wurde, was er getan hatte, nicht losließ. Stattdessen wartete er auf ihre Reaktion, und da sie nicht die Absicht hatte, sich von ihm zu lösen, zog er sie lächelnd weiter.

Sie manövrierten durch das Durcheinander von Menschen an denen vorbei, die in der Schlange zum Ausstieg standen, und denen, die zu den Aufzügen wollten. Jede Menge Touristen kamen und gingen, bereit für einen Tag voller Sightseeing und Spaß. Nichts Außergewöhnliches, nichts anderes als sonst. Dennoch erschien Mina das alles beinahe surreal. Sie waren gerade einmal zwei Tagen weg gewesen, alles fühlte sich in vielerlei Hinsicht so anders an, und doch schien sich hier auf dem Schiff nichts verändert zu haben.

„Was denkst du, wo deine Schwestern gerade sind?" Kent drückte den Aufwärtsknopf für den Fahrstuhl.

„Gute Frage. Fangen wir auf der Promenade an, damit ich mir ein neues Handy besorgen kann, danach sehen wir in der Suite nach. Wenn sie nicht im Zimmer sind, habe ich wenigstens ein Telefon, mit dem ich sie anrufen kann."

„Macht Sinn. Ich lade meins auf, sobald wir in der Suite sind. Wenn Jim nicht da ist, kann ich ihm eine SMS schicken. Ich bezweifle allerdings, dass er sich so um mich sorgt wie deine Schwestern um dich."

Die Aufzugtüren auf dem Promenadendeck öffneten sich, und Mina hörte die Musik lauter als sonst spielen. Als sie um die Ecke bogen, entdeckte sie die kleine Band im Atrium, allerdings hätte sie schwören können, dass sie andere Musik als sonst spielte. Um genau zu sein den *Hochzeitsmarsch*.

„Klingt, als würde jemand heiraten." Ken hielt immer noch Minas Hand und schaute sich in der Menge um, musterte diejenigen, die stehen blieben, um der Band zuzuhören.

Mina sah sich zwischen den Leute um, die in der Nähe standen. Keine Frau war wie eine Braut gekleidet. „Ich frage mich, wer das Hochzeitspaar ist."

KAPITEL 14

Irgendetwas stimmte nicht, aber Kent konnte nicht genau sagen, was. Er wusste auch nicht, wie lange er damit durchkommen würde, Mina festzuhalten, aber als sie die Geste nicht zu stören schien, breitete sich tief in ihm eine Welle der freudigen Erregung aus. Er hatte keine Ahnung, was die nächsten Tage auf See für ihn bereithielten, aber er konnte kaum erwarten, es herauszufinden.

Ein Kellner mit einem Tablett Champagnerflöten blieb neben ihnen stehen. „Champagner, Mimosa, Weihnachtsstern?"

„Weihnachtsstern?" Mina beugte sich zu Kent. „Er meint nicht die Pflanze, oder?"

Kent unterdrückte ein Lachen. „Das ist ein Drink mit Champagner und Preiselbeersaft."

„Oh." Mina lächelte. „Den probiere ich mal."

Kent nahm einen traditionellen Champagner mit Orangensaft und beobachtete die Kellner, die den neugierigen umstehenden Passagieren ebenfalls einen vormittäglichen Drink anboten. „Ich schätze, wir werden auf die Braut und den Bräutigam anstoßen."

Die anderen Gäste nippten wie sie an ihren Gläsern und sahen sich ebenfalls um. Die Band wechselte zu einem anderen beliebten Hochzeitslied, doch noch immer war keine Spur von Braut und Bräutigam zu sehen.

„Glaubst du, sie sind überhaupt hier?" Mina nahm

einen kleinen Schluck von ihrem Getränk. „Oh, ist der lecker."

„Da sind sie!", ertönte Jos Stimme über das Murmeln der Menge hinweg.

Jo und Ginnie standen auf der anderen Seite des Atriums und winkten Mina und Kent wie verrückt zu, während sie sich einen Weg durch die Menge bahnten, bis sie ihre Schwester erreicht hatten. Ihre Champagnergläser fachmännisch balancierend, fielen sich die drei in die Arme – eine Umarmung, die einer Abwesenheit von viel länger als ein paar Tagen würdig gewesen wäre.

„Wir haben dich vermisst!", rief Jo über die Musik hinweg, doch beim Anblick von Minas Arm in einer Schlinge blieb ihr kurz vor Schreck der Mund offen stehen. „Du bist verletzt! Was ist passiert?"

„Ein unglückliches Aufeinandertreffen mit einem Raser …"

„Du wurdest von einem Auto angefahren!" Ginnie sah ebenso entsetzt aus wie Jo.

„Beruhigt euch! Das Auto hat mich nicht mal gestreift, aber ich bin trotzdem gestürzt. Das Fahrrad hat nicht überlebt."

Jo schüttelte wütend den Kopf. „Verdammte Raser!" Dann wanderte ihr Blick zu Minas und Kents ineinander verschlungenen Händen und ihr besorgter Gesichtsausdruck wich einem verzückt-kitschigen Lächeln. „Wie süß!"

Als ob ihr die Worte ihrer Schwester einen elektrischen Schlag verpasst hätten, glühten Minas Wangen auf einmal in einem hübschen Rosaton und sie ließ hastig Kents Hand los.

Sofort nahm Jo die frei gewordene Hand ihrer Schwester in ihre und musterte stirnrunzelnd ihre Finger. „Du trägst gar keinen Ring?"

Mina erwiderte das irritierte Stirnrunzeln ihrer

Schwester und schüttelte den Kopf.

Ginnie schlug die Hand ihrer jüngeren Schwester beiseite und drückte Minas. „Hör ihr einfach nicht zu. Erzähl uns lieber alles."

„Ja", fiel Jo in ihre Bitte ein. „Und lass kein Detail aus."

Kopfschüttelnd stieß Ginnie ihre Schwester mit dem Ellbogen an. „Also *jedes* Detail muss ich nicht erfahren."

„Oh, stimmt." Jo kicherte. „Ich glaube du hast recht."

„Hey Kumpel." Jim schlug Kent auf den Rücken. „Gut gemacht."

Etwas am Tonfall seines Freundes ließ Kent aufhorchen. „Ich habe nicht viel gemacht."

Jim lachte. „Schon klar."

Langsam dämmerte Kent, dass Jim offensichtlich davon ausging, er und Mina hätten auf der Insel ein paar heiße Stunden miteinander verbracht. „Du bist unverbesserlich."

„Hey", Jim legte den Kopf schief und hob träge eine Schulter, „ich bin nicht derjenige, der voller Überraschungen steckt."

Ginnie grinste ihre Schwester an. „Es wird einen kleinen Empfang auf dem Oberdeck geben. Nichts Besonderes."

„Das ist schön." Mina erwiderte ihr Lächeln. Trotz der wunderbaren Zeit, die sie auf der Insel gehabt hatte, freute sie sich sehr, wieder auf dem Schiff und mit ihren Schwestern vereint zu sein. „Geht ihr zu dem Empfang?"

„Wie bitte?" Jos blaue Augen weiteten sich. „Natürlich. Es ist schließlich schlimm genug, dass wir die Hochzeit verpasst haben."

„Oh." Mina sah Kent an; ihr Blick schien zu fragen, ob es ihm genauso schwer fiel, dem Gedankengang ihrer Schwester zu folgen, wie ihr selbst. Als er ihr leicht zunickte, wurde er dafür mit einem supersüßen Lächeln und einem kurzen Drücken seiner Hand belohnt, bevor sie sie rasch wieder losließ.

Die beiden Schwestern unterhielten sich über irgendeinen Kuchen und ob man sich noch umziehen solle, aber Kents ganze Aufmerksamkeit galt Mina. Ein Wirrwarr von Emotionen tobte in ihm. Es war so wenig Zeit vergangen, und doch hatte sich so viel verändert. Er wurde mit Gefühlen konfrontiert, die ihm so fremd waren wie ein ferner Kontinent, und er wusste nicht, wie und wo er anfangen sollte, die Gefühle zu enträtseln, die ihn gleichzeitig bestürmten. Alles, was er wusste, war, dass er unbedingt wieder Minas Hand halten und ihren überschwänglichen Schwestern entkommen wollte, die sich aufführten, als ob es sich bei ihrer zweitägige Abwesenheit auf einer tropischen Insel um eine zweijährige Abwesenheit in einem von Terroristen besetzten Dschungel gehandelt hätte.

„Vielleicht wollt ihr euch erst noch frisch machen?" Ginnie sah von Mina zu Kent und zurück. „Danach treffen wir uns auf dem Oberdeck."

„Gute Idee." Jo nickte, begleitet von einem Zwinkern. „Auf diese Weise habt ihr ein wenig Privatsphäre."

„Aber gönnt euch nicht zu viel Privatsphäre." Ginnie drohte mit dem Finger. „Der Empfang beginnt in zwanzig Minuten." Vor Aufregung beinahe zitternd, beugte sich Ginnie vor und drückte ihre Schwester erneut an sich. „Ich freue mich so für dich. Wir sehen uns oben." Dann hakte sie sich bei Jo unter und zog sie mit sich.

„Ich gehe besser mit." Jim seufzte. „Zum Glück lässt sich das Sofa im Wohnzimmer ausziehen."

„Was?" Kent hatte den Eindruck, bei dem Gespräch irgendeinen wichtigen Punkte überhört zu haben.

„Es sei denn, ich finde ein besseres Angebot." Jim hob in einer unschuldigen Geste die Hände. „Und spar dir die Mühe, mir zu sagen, dass ich die beiden Schwestern in Ruhe lassen soll. Ich bin an der süßen blonden Frau aus dem Casino dran. Ich lasse euch wissen, wie es bei mir aussieht."

Einige Meter entfernt blickte Ginnie über die Schulter und stieß einen deutlichen, aber nicht zu lauten Pfiff aus. „Kommst du, Jim?"

Es mochte wie eine Frage klingen, aber jedem, der die Situation mitbekam, war klar, dass ihre Worte eher einem Befehl als einer Bitte glichen. Kurz darauf liefen die drei davon wie eine Gruppe Kinder, denen man Geld für Bonbons in die Hand gedrückt hatte.

Mina hielt den Blick auf ihre Schwestern gerichtet. „Glaubst du, sie haben jetzt völlig den Verstand verloren?"

„Vielleicht haben sie zu viel Sonne abgekriegt."

Mina nickte. „Vielleicht. Oder heute Morgen zu früh angefangen, Champagner zu trinken."

Ein Kellner blieb neben ihnen stehen. „Noch einen Drink, Mrs.?"

Mina drehte den Kopf, um den Kellner anzusehen, und hielt ihr halb volles Glas hoch. „Nein danke."

Der Mann lächelte und ging zum nächsten Passagier weiter.

„Ich frage mich, ob ich ihm sagen soll, dass er Ma'am sagen sollte, nicht Mrs."

„Ich glaube nicht, dass es darauf ankommt."

„Wahrscheinlich hast du recht." Mina seufzte. „Ich schätze, wir sollten uns besser frisch machen. Ich möchte sie nicht enttäuschen."

Kent streckte seine Hand in ihre Richtung, die Handfläche nach oben gedreht.

Minas Blick fiel darauf. Ihre Augen funkelten, sie lächelte – und schloss ihre Finger um seine. Die Wärme ihrer Hand ließ seine Brust vor Zufriedenheit noch mehr anschwellen. So verrückt der Gedanke auch war, langsam begann er zu glauben, dass der Wirbel um ein Paar, das offensichtlich auf der Kreuzfahrt den Bund fürs Leben geschlossen hatte, keine so verrückte Idee war. Es fühlte sich sogar wie eine wirklich gute Idee an. Das oder *er* verlor völlig den Verstand.

Nur die nächsten Tage konnten zeigen, was der Wahrheit entsprach.

Mina hatte keine Ahnung, was das Händchenhalten bewirkt hatte, aber sie war fast so aufgeregt wegen des Hautkontakts wie ihre Schwester wegen der oben stattfindenden Hochzeitsfeier. Vielleicht sogar aufgeregter.

Das Erste, was Mina entdeckte, nachdem sie die Tür ihrer Suite geöffnet hatte, war das Blumenarrangement auf dem Couchtisch. „Oh mein Gott, das ist wunderschön." Als sie die Karte neben der Vase bemerkte, las sie die kurze Notiz von Ramon und Cecilia laut vor.

„Das war sehr nett von ihnen." Kent stand an der Bar. „Ich glaube, dieses Schiff ist von Champagner besessen."

Von wo Mina stand, konnte sie nicht nur einen weiteren Eiskübel mit Champagner, sondern außerdem ein großes Tablett mit Erdbeeren mit Schokoladenüberzug sehen. Noch mehr von den Leckereien als an dem Tag, an dem sie angekommen waren. „Ich frage mich, womit wir uns das alles verdient haben."

Kent zuckte mit den Schultern. „Vielleicht bekommt man die einfach jeden zweiten Tag?"

Mina nahm die Karte neben den Erdbeeren in die

Hand. *Herzlichen Glückwunsch* stand darauf. Sie zeigte sie Kent. „Ich frage mich, was passiert ist, während wir weg waren."

Kent nahm ihr das gefaltete Kärtchen ab. „Vielleicht hat es was mit Jos Tauchkurs zu tun?"

„Natürlich." Mina nickte. „Das ergibt Sinn."

„Ich weiß nicht, wie es dir geht", Kent legte die Karte auf die Bar, „aber im Moment hat der Whirlpool auf unserer Terrasse eine sehr viel ansprechendere Wirkung auf mich als ein Empfang mit einem Haufen Feierwütiger oben in der Sonne."

Sie verstand genau, was er meinte. Vor allem, wenn es bedeutete, mit ihm an ihrer Seite in warmem Wasser baden zu können. „Meine Schwestern würden mich wahrscheinlich umbringen, wenn wir nicht auftauchen. Aus irgendeinem Grund waren sie sehr aufgeregt wegen der anstehenden Party. Aber ...“

Er trat neben sie, nahm ihre gesunde Hand in seine beiden und sah ihr in die Augen. „Was meinst du, drücken wir uns?"

Während sie ihm so nahe war und die Wärme seiner Hände ihre Arme hinaufstrahlte, übte die Vorstellung, sich in diesem Moment zu ihren Schwestern zu gesellen, noch weniger Anziehungskraft auf sie aus als noch vor einer Minute. Langsam begann sie zu nicken. „Wir drücken uns."

Bevor sie auch nur daran denken konnte, sich zu rühren, legten sich seine Lippen unendlich sanft zum süßesten, zärtlichsten Kuss auf ihre. Mina war sich nicht sicher, wer sich zuerst bewegte oder wann er ihre Hand losließ, aber nun standen sie dich an dicht, seine Arme sanft um sie geschlungen, ihre Hand in seinem Nacken, die andere zwischen sie gepresst, und sie verlor sich vollkommen in seinem Kuss.

Das Klingeln eines Telefons brach den Bann, dem sie verfallen war.

Kent lehnte sich zurück und stieß einen abgerissenen Seufzer aus. „Ich nehme an, einer von uns sollte rangehen."

„Da hat jemand ein schreckliches Timing."

Kent unterdrückte ein leises Lachen. „Ganz deiner Meinung. Ich verspüre gerade den überwältigenden Drang, alle Türen abzuschließen."

Diesmal war es Mina, die lachen musste. „Ich glaube nicht, dass meine Schwestern das zu schätzen wüssten."

„Ich mache mir mehr Gedanken darum, wie du dich fühlst." In seiner Stimme lag eine Sanftheit, die ihre Knie weich werden ließ.

„Ich gehe besser mal ans Telefon." Sie trat einen Schritt zurück und lief zum Festnetzanschluss auf der anderen Seite des Zimmers hinüber. „Hallo?"

„Lasst euch bloß nicht ablenken! Die Party fängt gleich an", ermahnte sie Ginnie am anderen Ende der Leitung.

„Ich weiß. Wir sind gleich da." Mina legte auf, schüttelte den Kopf und wandte sich wieder Kent zu. „Das war Ginnie. Ich sollte mich besser beeilen."

Kent, der sich nicht von der Stelle gerührt hatte, nickte.

Mina brauchte ganze zwanzig Sekunden, um zu merken, dass all ihre Kleidung aus dem Schrank verschwunden war. „Das ist seltsam." Sie fragte sich, ob ihre Schwestern all ihre Sachen zum Waschen gegeben hatten. Was überhaupt keinen Sinn ergeben würde. Rasch zog sie ihre Schubladen an der Kommode im Schlafzimmer auf. Auch hier: nichts.

Was zum Teufel …

Sie ging ins Wohnzimmer zurück. „Hier geht etwas sehr Seltsames vor sich."

„Vielleicht nicht ganz so seltsam, wie wir bisher angenommen haben …" Kent stand jetzt neben der

Champagnerflasche und hielt ein weißes Rechteck aus Papier in der Hand. „Ich denke, das hier erklärt so einiges." Er reichte ihr den kleinen Umschlag. „Ich vermute, die Karte, die neben den Erdbeeren lag, hat hier drin gesteckt."

Mina sah auf den Umschlag in ihren Händen. „Mr. und Mrs. Harwood?"

„Wie viel willst du wetten, dass der Hochzeitsempfang oben für uns ist?"

Mina drehte sich um und ließ sich in den nächsten Sessel fallen; dann starrte sie wieder auf den Umschlag, zur Bar und zurück zu Kent. „Du meine Güte! Die denken, wir sind verheiratet."

KAPITEL 15

Vielleicht zog Kent voreilige Schlüsse, aber die seltsame Art und Weise, auf die sich die Schwestern und Jim verhielten, könnte dadurch erklärt werden, dass sie dachten, Mina und er hätten heimlich auf der Insel geheiratet.

„Ich schätze, es gibt nur einen Weg, das herauszufinden." Mina stand auf. „Ich ziehe mich schnell um."

Kent nickte ihr zu und machte einen Schritt in Richtung seines Zimmers, als sie plötzlich stehen blieb.

„Da fällt mir wieder ein", sie drehte sich zu ihm um, „meine ganze Kleidung ist verschwunden."

Kent holte tief Luft, als ihm ein Gedanke kam. Er eilte in sein Zimmer und riss die Schranktür auf. „Ich glaube, ich habe deine Sachen gefunden."

„Und wo sind Jims?"

„Das", Kent deutete auf den Inhalt des Schranks, „würde erklären, was Jims Couch-Kommentar zu bedeuten hatte."

„Also müssen wir ihnen nur die Wahrheit sagen, um das Missverständnis aufzuklären."

Er nickte. Das ergab durchaus Sinn, aber ein nagendes Gefühl tief in seinem Bauch sagte ihm, dass manche Dinge leichter gesagt als getan waren. Da war diese stetig wachsende Liste an Dingen, die er an Mina liebte. *Liebte.* Was hatte das Wort zu bedeuten? Eine Redewendung, die in allen Aspekten des Lebens weit verbreitet war. *Ich liebe diesen Sonnenuntergang, ich liebe Schokoladenkekse, ich liebe den Sommer.* An Mina liebte er das Funkeln in ihren Augen, wenn sie lachte, die Art, auf die sie sich für etwas begeistern konnte, ihre Bereitschaft, neue Dinge auszuprobieren, ihre Fähigkeit, unter Druck ruhig zu bleiben, sich in der gleichen Zeit, die er bis zur Tür brauchte, zu duschen und anzuziehen, um mit ihm gemeinsam die Suite zu verlassen. Wie konnte ein Mann einer solchen Frau widerstehen? Der Himmel wusste, dass er es nicht konnte und dass seine Gefühle für sie nichts mit einer Redewendung zu tun hatten. Er war im Begriff, sich Hals über Kopf in Philomena Ummarino zu verlieben.

„Bereit, dich der Situation zu stellen?" Mina stand in einem königsblauen Sommerkleid und flachen Riemchensandalen, die ihre schönen Beine betonten und es ihm unmöglich machten, seinen Blick Augen von ihr abzuwenden, in der Tür zum Wohnzimmer. „Alles okay?"

Der Ausdruck ehrlicher Besorgnis auf ihrem Gesicht ließ Kents Herz einen Rückwärtssalto schlagen. Das waren sehr ernst zu nehmende Gefühle, die da in ihm herumschwirrten.

„Alles in bester Ordnung …", er zeigte sein bestes Lächeln, „Mrs. Harwood."

Mina brach in Gelächter aus und schüttelte den Kopf. „Wann hat dieses ganze Chaos überhaupt begonnen?"

„Ich weiß es nicht, aber wir sollten es besser entwirren." Er bot ihr seinen Arm an.

„Oh, wie überaus freundlich, mein Herr", flötete sie übertrieben.

Bevor er sie nach oben an Deck führte, konnte er nicht widerstehen, sie an ihrem unversehrten Arm mit einer Drehung an sich zu ziehen, bis sich ihr Körper dicht an seinen schmiegte, und wie zuvor ließ er seine Lippen über ihre tanzen. Eine süße Verschmelzung von

Fleisch und Sehnsucht, der er sich gerne für den Rest des Tages und die ganze Nacht lang hingegeben hätte – wenn nicht auf dem Oberdeck die reale Welt auf sie gewartet hätte. Widerwillig lehnte er sich ein wenig zurück, sah ihr einfach nur in die Augen und bewunderte ihre wunderschöne Tiefe. „Dies könnte eine schwer zu brechende Angewohnheit sein."

Ihr Lächeln wurde breiter. „Darauf zähle ich." Immer noch von seinen Armen umschlungen, schien Mina es nicht eilig zu haben, sich zu rühren. Nicht einmal, als die Kabinentür knarrend aufschwang.

„Siehst du? Ich habe dir doch gesagt, dass wir sie nicht allein lassen können." Ginnie schob ihre jüngere Schwester in den Raum und stemmte die zu Fäusten geballten Hände in die Hüften. „Die Kreuzfahrtlinie ist so unglaublich nett, diese kleine Feier für euch zu schmeißen, das Mindeste, was ihr tun könntet, ist aufzutauchen."

„Da du es gerade erwähnst ..." Kent trat einen Schritt zurück, aber anstatt Mina loszulassen, drückte er sie stattdessen an seine Seite. „Wir sind nicht verheiratet."

Glücklich an Kents Seite geschmiegt, entging Mina beinahe, wie ihrer Schwester sämtliche Farbe aus dem Gesicht wich. Ginnie wankte auf der Stelle.

„Seid ihr nicht?"

Zeitgleich schüttelten Mina und Kent die Köpfe nach links, dann nach rechts und wieder zurück.

„Aber eure Nachricht ...", stammelte Jo, die Augenbrauen vor Verwirrung hochgezogen.

„Ein Fehler", stellte Kent fest.

„Fehler?" Die Verwirrung auf Ginnies Gesicht

verwandelte sich in Verärgerung. „Wie kann jemandem so ein Fehler unterlaufen?"

Mina zuckte mit den Schultern. „Ramon und Cecilia sind automatisch davon ausgegangen, dass wir verheiratet sind. Ich schätze, es gab einfach keine gute Gelegenheit, sie aufzuklären, dass dem nicht so ist."

„Das Gleiche gilt für die Kreuzfahrtlinie. Ich bin sicher, es war kein großer Aufwand für die Küche, einen kleinen Extra-Kuchen zu backen, und die Bands sind sowieso an Bord und spielen die ganze Zeit, aber trotzdem war es sehr nett von ihnen, einen Empfang für euch zu organisieren, nachdem sie von der spontanen Hochzeit erfahren haben."

„Wahrscheinlich ging es ihnen vielmehr darum, dass wir keine Entschädigung für das Buchungschaos verlangen oder sie, schlimmer noch, deswegen verklagen." Kent zuckte mit den Schultern, ließ Mina aber nicht los.

Jo sank auf den nächstbesten Stuhl. „Ihr seid also wirklich nicht verheiratet?"

Mina und Kent schüttelten gleichzeitig den Kopf. „Ich fürchte nicht."

„Und das ist kein schlechter Scherz?", hakte Jo nach.

Mina schüttelte erneut den Kopf und hob zwei Finger zum Schwur. „Hand aufs Herz."

„Also, was machen wir jetzt?" Jo sah von einer Schwester zur anderen.

„Wir haben keine große Wahl." Mina stieß einen Seufzer aus. „Wir gehen nach oben, lächeln, nicken, trinken Sekt, essen Kuchen, und anschließend räumen wir meine Sachen zurück in unseren Schrank."

Jo runzelte die Stirn. „Wir sagen es ihnen nicht?"

Ihr ganzes Leben lang hatte Mina ihr Bestes gegeben, nicht zu lügen, nicht einmal zu flunkern, aber diesmal hatte sie keine große Wahl. Zumindest nicht, ohne die Reederei und ihre Familie in eine peinliche Lage zu bringen.

Die meisten Gäste, die sich entschieden hatten, an Bord zu bleiben, und sich nun auf dem Oberdeck aufhielten, schienen nicht zu wissen, wer das Brautpaar sein könnte. Der Kuchen war ein schlichter rechteckiger Blechkuchen mit weißer Glasur, roten Rosen als Dekor auf einer Seite und einer typischen Braut-und-Bräutigam-Tortenfigur. Aufgrund der bereits vorgeschnittenen Kuchenstücke auf einem der Tische vermutete Mina, dass dieser spezielle Kuchen nur zur Dekoration gedacht war und der zum eigentlichen Verzehr direkt in der Küche auf Teller verteilt wurde. Solange niemand sie aufforderte, sich gegenseitig damit zu füttern, sollte das alles kein großes Problem darstellen.

Weniger als eine halbe Stunde später erschien der Direktor der Kreuzfahrtlinie mit einem Mikrofon in der Hand und verkündete nicht nur die nicht stattgefundene Eheschließung, sondern forderte Mina und Kent zudem zu einem ersten Tanz als Ehemann und Ehefrau auf.

„Vielleicht war es doch ein Fehler herzukommen", murmelte Mina zu niemand Bestimmtem.

„Ich bin irgendwie froh, eine weitere Entschuldigung zu haben, dich im Arm halten zu dürfen."

Mina war sich nicht sicher, was für eine Erwiderung sie von ihm erwartet hatte, aber diese auf keinen Fall. Schwer schluckend gelang es ihr, ihm in die Augen zu sehen. „Ich auch."

„Wollen wir also, Mrs. Harwood?"

Das Funkeln in seinen Augen brachte sie zum Lächeln. „Wir wollen."

Die Band, welche die ganze bisherige Reise nur karibische Rhythmen gespielt hatte, stimmte Al Greens *Let's Stay Together* an. Die langsame Melodie schien sie in ihre eigene kleine Welt einzuhüllen. Mina war bis zu diesem Moment nicht klar gewesen, wie perfekt sie und Kent zusammenpassten. Noch nie hatte es sich für sie so richtig angefühlt, in den Armen eines Mannes zu liegen. Sie war nicht die beste Tänzerin, aber wenn sie seiner Führung folgte, fühlte sie sich wie Ginger Rogers. Während sie wie auf Wolken über das Parkett schwebte, als wäre sie eins mit ihm, schmiegte sie ihren Kopf an seine Schulter. „Können wir für immer hier bleiben?"

„Keine schlechte Idee. Allerdings müssten wir zwischendurch eine Pause einlegen, um etwas zu essen und zu trinken."

„Nahrung wird überbewertet."

Mit einem Lachen zog Kent sie noch näher an sich. „Vielleicht merkt es ja niemand, wenn wir weitertanzen, bis wir wieder in Miami anlegen."

„Ich hätte auf jeden Fall nichts dagegen", murmelte sie an seiner Schulter.

Als der Song zu seinem unvermeidbaren Ende kam, bat sie ein Mitarbeiter des Animationsteams zu sich, um den Kuchen anzuschneiden.

„Sei sanft zu mir", neckte er sie, als sie in den Kuchen schnitt.

„Vergiss sanft, sei einfach nur gut zu mir."

Jeder von ihnen hielt ein kleines Stück Kuchen in der Hand. Mina machte den Anfang und schob ihm sanft einen Bissen in den Mund. Die Zuschauer jubelten, während sie jeder ihrer Bewegungen mit dem Blick folgten. Als Nächstes war Kent an der Reihe. Für den Bruchteil einer Sekunde erschien ein schelmisches Funkeln in seinen Augen, und sie war sich sicher, gleich einen Kleks Glasur auf der Nase zu haben. Doch stattdessen vertiefte sich sein Blick, und in dem Moment, in dem sich ihre Lippen um den Kuchen und seine Finger schlossen, kam sein Gesicht näher und er küsste einen Klecks Zuckerguss von ihrem Mundwinkel. „Gut?" flüsterte er.

„Sehr gut", antwortete sie.

Dasselbe Crewmitglied, das sie eben zu sich gerufen hatte, kündigte die bevorstehenden Nachmittagsaktivitäten an, und schon war die Hochzeitsfeier vorbei.

„Das war gar nicht so schwer", bemerkte Jo, die neben sie getreten war. „Ihr habt eine verdammt gute Show abgeliefert."

„Ganz deiner Meinung", sagte Ginnie, die ebenfalls zu ihnen rübergekommen war. „Ich hatte keine Ahnung, dass du so eine gute Schauspielerin bist, Mina."

Mina zuckte mit den Schultern. Die Wahrheit war, dass es keinen Grund für sie zum Schauspielern gegeben hatte. So absurd das auch klang, sie war definitiv Hals über Kopf in einen gewissen Kent Harwood verliebt.

„Ich weiß nicht, wie es euch beiden geht, aber all der Champagner und der Kuchen haben mir Appetit auf etwas Herzhaftes gemacht. Wer zuerst am Buffet ist!" Jo wandte sich an Ginnie. „Hast du auch Hunger?"

Ginnie nickte. „Ich bin sogar regelrecht ausgehungert. Das Frühstück hab ich ausfallen lassen, weil ich Minas Sachen in das andere Schlafzimmer geräumt und die kleine Überraschung mit dem Personal abgestimmt habe. Ich könnte einen ganzen Wal essen."

„Ich frage mich, wo Jim ist."

Und einfach so verschwanden Ginnie und Jo in der Menge der Sonnenanbeter, die das Deck belagerten.

„Hast du auch Hunger?", fragte Kent Mina.

„Nicht wirklich." Jedenfalls nicht auf Essen, aber das würde sie ihm nicht sagen.

„Hör mal zu." Er legte eine Hand auf ihren unteren Rücken, dirigierte sie von der Menschenmenge weg und hinüber in eine ruhige Ecke, dann lehnte er sich gegen das Geländer. „Ich weiß, das ist ein bisschen anmaßend von mir, aber ich möchte etwas klarstellen, bevor uns deine Schwestern mit weiteren Dingen überraschen."

Unsicher, worauf er damit hinauswollte, nickte sie und zwang ihre Nerven, sich zu beruhigen.

„Ich weiß, dass Kreuzfahrten eher für kurze Liebeleien bekannt sind."

Sie nickte und wappnete sich innerlich gegen schlechte Nachrichten.

„Ich weiß zwar nicht, was das zwischen uns genau ist, aber eines weiß ich …"

Sie holte tief Luft, nickte und drängte ihn im Stillen fortzufahren.

„Ich möchte nicht, dass das, was zwischen uns ist, mit dieser Reise endet."

Abrupt hörten die Schmetterlinge in ihrem Bauch auf, mit ihren breiten Flügeln zu schlagen, und schiere Freude trat an ihre Stelle.

„Ich möchte dich auch sehen, wenn wir wieder zu Hause sind. Oft."

„Ich glaube, das würde mir gefallen. Sehr sogar."

„Wirklich?" Seine Mundwinkel bogen sich nach oben, und erst als das Funkeln in seine Augen zurückkehrte, wurde ihr klar, dass er genauso nervös wegen dem gewesen war, was er gesagt hatte, wie sie, während sie gebannt gewartet hatte, welche Worte aus seinem Mund kommen würden.

„Wirklich." Sie erwiderte sein Lächeln. „Und nur fürs Protokoll, ich bin sehr froh, dass dein Bruder und deine Schwägerin und die Kreuzfahrtlinie unsere Reservierung verpfuscht haben. Sehr froh."

Er nickte zustimmend. „Ich muss daran denken, ihnen ein Dankeschön zu schicken, sobald wir zurück sind. Obwohl ich nicht glaube, dass irgendetwas wirklich den Dank ausdrücken könnte, den ich dafür empfinde, dass sie dich in mein Leben gebracht haben.“

Sie hatte keine Chance zu antworten, bevor seine Lippen in einem kurzen, aber aufschlussreichen Kuss, der Verheißungen für alles Kommende versprach, auf ihre trafen. Sie schuldete ihrer Nachbarin definitiv so einiges.

Kent richtete sich zu seiner vollen Größe auf, ergriff ihre gesunde Hand und lächelte. „Wollen wir die Kabine wieder so herrichten, wie es sein sollte, Mrs. Harwood?“

„Mit Vergnügen, Mr. Harwood.“

EPILOG

„Haben Sie jemals zwei glücklichere Menschen gesehen?" Die Mutter von Jo und Mina lächelte strahlender als die Grinsekatze aus *Alice im Wunderland.*

„Ich sage Ihnen", die Nachbarin der Schwestern, Angie, grinste sie an, „Kreuzfahrtschiffe und die große Liebe scheinen Hand in Hand zu gehen."

Antoinette Ummarino hörte auf, in ihrer Soße zu rühren. „Wenn das stimmt, warum kommt dann nur eine meiner Töchter mit einem Mann nach Hause?"

Kichernd zuckte Angie mit den Schultern. „Vielleicht gibt es eine Quote von einer Romanze pro Schiff."

„Ich möchte nur, dass meine Mädchen glücklich sind. Alle. Ein guter Mann, Kinder, ein schönes Zuhause, und das Leben wird gut."

„Mama", Jo gab ihrer Mutter einen Kuss auf die Wange, „wir haben alle ein gutes Leben. Moderne Frauen brauchen keine Männer und Kinder, um glücklich zu sein."

Ihre Mutter zuckte mit den Schultern. „Vielleicht nicht, aber schaden tut es auch nicht. Schau dir an, wie glücklich deine Schwester ist."

Mit ihrer Mutter zu streiten, war keine Option. Selbst wenn die Frau nicht recht hatte, lag sie nie falsch. Und was Jo ihrer Mutter lassen musste, Mina hatte tatsächlich noch nie glücklicher ausgesehen. Und Kent passte, obwohl er keinen Tropfen italienisches

Blut in sich hatte, wunderbar in ihre laute und lebhafte Familie. Natürlich hatte das wahrscheinlich mehr damit zu tun, wie sehr er Mina liebte, und weniger mit seiner Liebe für die Familie Ummarino im Allgemeinen.

Jo war sich noch immer nicht ganz sicher, was an diesen zwei Tagen auf der Insel passiert war. Nun, das stimmte nicht ganz. Sie wusste von dem Fahrradunfall und dem köstlichen Abendessen und dem Schwimmen mit den Delphinen, aber nichts über die Details. Ihre ältere Schwester war immer noch ihre Schwester, aber etwas hatte sich verändert und das ging über ihre Verliebtheit hinaus. Zum einen war niemand schockierter gewesen als Jo, als sich Mina entschieden hatte, am Tauchkurs teilzunehmen, und am letzten Tag der Kreuzfahrt tatsächlich mit den anderen unter Wasser gegangen war. Das lag doch nicht allein an der Liebe?

„Ist das Zwiebelpizza, die ich rieche?" Die Nase in die Luft gereckt, kam Jos Vater in die Küche und schnupperte wie ein Bluthund auf Mission die köstlichen Aromen. „Es ist Zwiebelpizza!"

Kopfschüttelnd verdrehte Antoinette Ummarino die Augen, als sie ihren Mann ansah, dennoch schaffte sie es kaum, ein geschmeicheltes Lächeln zu verbergen. „Du riechst seit über dreißig Jahren den Duft meiner Pizza."

Jos Vater legte einen Arm um die Taille seiner Frau, stibitzte mit seiner freien Hand zwei mit Olivenöl beträufelte Zwiebelringe und stöhnte vor Genuss, bevor er seine Frau auf die Wange küsste. „Und ich liebe sie fast so sehr wie ich dich liebe."

„Ihr zwei …", neckte Jo, während ihr Blick zur hinteren Terrasse wanderte, wo ihre Schwester und, wenn sie ihre Menschenkenntnis nicht unfassbar täuschte, ihr zukünftiger Schwager beinahe ein Spiegelbild ihrer Eltern in der Küche bildeten.

„Ich wusste immer, dass wir eines Tages alle heiraten und weiterziehen würden, aber wenn du mir vor einem Monat gesagt hättest, dass Mina sich von ganzem Herzen in einen Mann verlieben würde, den sie gerade erst kennengelernt hat, hätte ich gefragt, was du geraucht hast." Wie ihre Schwester beobachtete Ginnie Mina und ihren Freund, der ihr nicht von der Seite wich.

„Also, wann glaubst du, wird er die Frage aller Fragen stellen?" Jo stand nahe genug bei ihrer Schwester, dass ihre Mutter sie nicht hören konnte. Nicht, dass nicht der ganzen Familie Ähnliches durch den Kopf ging, aber ihre Mutter konnte in der Hinsicht ein wenig penetrant sein. Vor allem bei der Aussicht auf Enkelkinder. Was Jo irritierte, waren die plötzlich weit aufgerissenen Augen ihrer mittleren Schwester.

Ginnie deutete Richtung Terrasse, blinzelte, klappte den Mund zu und wieder auf und murmelte: „Sieht aus, als würde er es jetzt gerade tun."

Von dort, wo sie in der Küche standen, konnten sie Mina auf der anderen Seite der Rasenfläche sehen, eine Hand auf die Brust gepresst, eine andere auf ihrem Mund. Kent, der eine kleine offene Schachtel in den ausgestreckten Händen hielt, kniete vor ihr. Ihre Mutter musste zur gleichen Zeit wie Ginnie aufgesehen haben. Die Schüssel, in der sie gerade Teig gerührt hatte, fiel klappernd in die Spüle, als Antoinette Ummarino die Hände zusammenschlug und einen Schrei ausstieß, der das Trommelfell zum Vibrieren brachte. Nur das breite Lächeln, das sich von einer Seite ihres Gesichts zur anderen erstreckte, verriet jedem Zuschauer, dass sie nicht in Not war. Obwohl sie aussah, als könnte sie jeden Moment vor Aufregung platzen. Sie rannte durch die Küche und griff nach dem Türknauf, als Jo und Ginnie gleichzeitig vorpreschten, um ihre Hand zu ergreifen.

„Lasst uns wenigstens abwarten, was sie sagt, bevor wir alle gleichzeitig auf sie losgehen." Jo wagte es nicht, das Handgelenk ihrer Mutter loszulassen.

„Natürlich wird sie Ja sagen. Warum sollte sie das

nicht tun?“ Antoinette drehte sich ein Stück, um wieder aus dem Fenster sehen zu können, verschränkte ihre Finger wie zum Gebet, hob ihren Blick zur Decke und murmelte: „Ich werde eine Nonna sein.“

„Mama!“ Ginnie warf beide Arme in die Luft und stellte sich vor ihre Mutter, um ihr in die Augen zu sehen. „Sprich nicht über Babys, bevor Mina überhaupt vor den Altar getreten ist.“

„Und dafür muss sie erst einmal Ja sagen“, fügte Jo hinzu.

In diesem Moment sahen sie Mina mit dem Kopf nicken, worauf Kent den Ring auf ihren Finger schob und aufstand.

„Enkelkinder“, wiederholte ihre Mutter.

„Mama“, ermahnte Jo sie.

„Okay.“ Stirnrunzelnd stieß ihre Mutter die Tür auf. „Ich werde keine Babys erwähnen. Noch nicht.“ Mit diesen Worten stürzte sie hinaus und rannte über den Rasen.

„Was glaubst du, wie lange sie das Wort Enkelkinder aus ihrem Wortschatz verbannen kann?“

Ginnie seufzte und kicherte dann leise. „Ich gebe ihr vierundzwanzig Stunden.“

„So lang?“ Jo lachte.

Wie in einer kitschigen Romanze schlang Mina die Arme um Kent, der sie herumwirbelte, bevor er sie wieder auf die Füße stellte und ihr einen weiteren dieser herzzerreißenden Küsse gab.

Die Szene ließ Jo aufseufzen. Vielleicht hatte ihre Mutter recht. Vielleicht waren ein Mann und sogar ein Baby tatsächlich keine so schlechte Idee. Und vielleicht sollte sie ihre Schwestern zu einer weiteren Kreuzfahrt überreden. Wäre das nicht einfach perfekt?

ÜBER CHRIS KENISTON

Chris Keniston ist Autorin von vierzig zeitgenössischen Romanen und lebt mit ihrem Mann, zwei menschlichen Kindern und zwei Hundekindern in einem Vorort von Dallas. Obwohl sie beide Hunde gleichermaßen liebt, gibt sie zu, eine ganz besondere Bindung zu ihrem Deutschen Schäferhund aus dem Tierheim zu haben. Schließlich verdienen auch Hunde ein Happy End.

Auf www.chriskeniston.com erfahren Sie mehr über Chris Keniston und ihre Bücher.

Folgen Sie Chris Keniston auf Facebook unter dem Namen ChrisKenistonAuthor und auf Twitter unter dem Namen @ckenistonauthor.

MEHR BÜCHER

VON CHRIS KENISTON

Weitere Bücher der Flitterwochen Reihe:
Flitterwochen allein
Flitterwochen zu dritt
Flitterwochen zu viert
Flitterwochen zu fünft
Flitterwochen zu sechst